KiWi Paperback

KiWi 605

*Über das Buch:*
Der große deutsche Comedy-Star Rüdiger Hoffmann ist wieder da! Nach seinen Bestsellern »Ja hallo erstmal« (1995), »Asien. Asien« (1998) und »Es ist furchtbar, aber es geht« (mit Jürgen Becker) präsentiert Rüdiger Hoffmann ein Buch, in dem er sich auf seine ganz unverwechselbare Weise erneut in die Niederungen seines (und unseres) Alltagslebens begibt, dort allerdings ganz neue Gebiete erschließt – z. B. das höllisch weite Feld der Erotik und des Sex (Thema: Stellungen!). Na also!

*Der Autor:*
Rüdiger Hoffmann wurde 1964 in Paderborn (Ostwestfalen) geboren. Schon in der Schule spielte er in Rock- und Theatergruppen und legte mit der Gründung des »Pappnasentheaters« den Grundstein für eine außergewöhnliche Laufbahn. Renommierte Preise sind der Lohn: 1989 »Saarländischer Kleinkunstpreis«; 1992 »Wolfsburger Kleinkunstpreis«; 1994 »Salzburger Stier«; 1999 »Echo« und »Goldene Europa«. Die CD »Der Hauptgewinner« ist die meistverkaufte Sprach-CD der Welt und wurde ebenfalls »vergoldet«. Das Buch zur CD ist ein Bestseller. Hunderttausende haben ihn auf seinen diversen Tourneen live erlebt, aus dem Fernsehen (u. a. »RTL Samstag Nacht«, »Wetten, dass«, »Harald Schmidt Show«) kennen ihn Millionen.

*Veröffentlichungen:*
»Ja hallo erstmal« (1995), Kiwi 371
»Es ist furchtbar, aber es geht« (mit Jürgen Becker) (1997), Kiwi 410
»Asien.Asien« (1998), Kiwi 487

Rüdiger Hoffmann

# Ich komme ...!

Kiepenheuer & Witsch

1. Auflage 2000


Umschlaggestaltung: Fachwerk Werbe- und Projektagentur, Münster
Umschlagfoto: Carmen Lechtenbrink, Hamburg
Fotos: Carmen Lechtenbrink, Hamburg; Andreas Linke, Münster
Satz und Layout: Greiner & Reichel, Köln
Druck und Bindearbeiten: Clausen & Bosse, Leck
ISBN 3-462-02965-7

# Inhalt

# Der Urlaub

Ja hallo erstmal, ich weiß gar nicht, ob Sie's wussten, aber ich hab neulich mal wieder Urlaub gemacht, und das war auch wirklich dringend nötig.

Doch ich war echt total gestresst und da bin ich mit meiner Frau erstmal schön nach Spanien gefahren.

Ja, und das ist ja bei vielen so, dass die im Urlaub dann immer schon son volles Programm haben, von morgens bis abends durchgeplant, was weiß ich: morgens Wasserski, mittags Tennis, nachmittags – ja, vielleicht nochmal Wasserski, zwischendurch sich vielleicht nochmal von som Hütchenspieler verarschen lassen und abends dann in den Sonnenuntergang reiten, auf som stinkenden Kamel oder so. Also Halligalli bis der Arzt kommt.

Aber ich hab mir gesagt, dieses Mal machste einfach mal gar nichts. Da machste mal Urlaub und einfach aus Prinzip schon mal gar nichts. Also nichts. Noch nicht mal son bisschen. Null, niente, basta, gar nix.

Ja, da sind wir dann da angekommen, nach unserer zweitägigen Busreise. War auch ziemlich heiß in dem Bus, weil die Klimaanlage war kaputt und die Toilette konnte man auch nicht benutzen, nee, weil da standen ja die ganzen Bierkästen drin.

Meine Frau wollte dann erstmal duschen, hat so ihr Kleid ausgezogen, also das mit den Salzrändern unter den Achseln, und als sie fertig war, hat sie so gefragt, ja willst du denn jetzt auch duschen, da hab ich gesagt, ich bin hier jetzt im Urlaub und da mach ich aus Prinzip erstmal gar nichts mehr.

Ja, ich hab dann auf ihren Wunsch hin auf dem Balkon übernachtet, das war auch sehr schön, ne wunderbare sternklare Nacht, bis dieser sehr hungrige Mückenschwarm plötzlich auftauchte und den Himmel komplett verdunkelte.

Viele würden jetzt wahrscheinlich so albern und hektisch mit den Armen so vor dem Gesicht rumfuchteln, aber ich hab mir gedacht, ich bin hier im Urlaub und da mach ich aus Prinzip erstmal gar nichts.

Gut, am nächsten Morgen hatte ich dann sone gewisse Ähnlichkeit mit Guido Westerwelle. Nee, Quatsch. Ganz so schlimm war es auch nicht. Meine Frau hat mich dann netterweise doch noch mit in den Frühstücksraum genommen. Zum Frühstück gab es natürlich dann auch en Ei. Meine Frau hat es sofort geköpft, ziemlich brutal, der Typ am Nebentisch hat wie wild mit dem Löffel auf seinem Ei rumgeklopft, aber ich hab mir gedacht, ich bin hier im Urlaub, da hab ich's einfach so runtergeschluckt, mit Schale, ganz locker, ganz entspannt.

Witzigerweise kam es am nächsten Tag genauso wieder raus. Flop. Ich hab es dann einfach am Büffettisch wieder zurück ins Eierkörbchen gelegt. Ich meine, man muss ja nichts verkommen lassen, das war ja noch gut. War sogar noch warm …

Ja, dann sind wir so zum Strand gegangen, meine Frau hat sich eingecremt, hat mir so die Tube rübergehalten, aber ich hab gesagt, Urlaub, gar nix.

Nach Stunden bin ich dann plötzlich aufgewacht, weil meine Frau auf mich draufgetreten ist, weil meine Hautfarbe mittlerweile so rot war wie das Ferrari-Handtuch, auf dem ich lag. Die hat mich glatt übersehen.

Sie hat mir dann geholfen, mich aufzurichten, ich hab so aufs Meer rausgeguckt und da hab ich dann unseren

Tischnachbarn vom Frühstück gesehen, der in sonem Schlauchboot saß, aus dem hinten so Blasen rauskamen und so langsam unterging.

Da hab ich gedacht, o. k., wenn man jetzt bei Baywatch wäre, da würde man so wie David Hasselhoff sofort aufspringen und so aufgeregt mit som Rettungsring ins Wasser sprinten, aber ich hab gedacht, die Madame hier neben mir ist ja auch nicht unbedingt Pamela Anderson und außerdem bin ich im Urlaub und da mach ich aus Prinzip schon mal erstmal gar nichts.

Na ja, da hat er dann so wild gewunken, man sah eigentlich nur noch den Arm aus dem Wasser gucken, da hab ich gedacht, o. k., ich meine, man muss es ja jetzt auch nicht übertreiben mit dem Gar-nichts-Tun, man kann ja auch mal ne Ausnahme machen, da hab ich zumindest mal so zurückgewunken.

Abends ging's dann zum Essen in son typisch spanisches Restaurant, ins »Fuego del Poncho«. Das war also sehr rustikal da, so mit viel Holz, Trockenblumen überall, so getrocknetes Gras auch, so urige Strohballen sehr nah am Tisch, auch unter dem Tisch, so große Papierlampions über dem Tisch, und überall so getrocknete Sachen halt, Reisig auf dem Boden und auch son Strohdach sehr, sehr nah über den Tischen.

Ich hab dann was Flambiertes genommen und da ist dem Kellner son kleines Malheur passiert, auf einmal stand meine Hose in Flammen. Na ja, und von meiner Hose war es an und für sich nur ein sehr kurzer Weg für die Flammen zu diesem ganzen getrockneten Kram da um mich herum.

Die anderen Gäste sind kreischend aufgesprungen und rausgelaufen, also immer dem Personal hinterher, na ja, und als dann irgendwann auch der Dachstuhl in Flammen stand, hat es auch meine Frau vorgezogen, besser das Lokal zu verlassen.

Viele andere an meiner Stelle wären jetzt wahrscheinlich so panisch aufgesprungen und hätten so geschrien, Hilfe, Hilfe, ich brenne, ich brenne, aber ich hab mir gedacht, ich hab Urlaub und da mach ich aus Prinzip erst mal gar nichts. Noch nicht mal son bisschen. Null, niente, nada, nothing, rien, basec naduptsche oder von mir aus auch in Türkisch: nüx.

Meine Frau hat mich dann in soner Urne mit nach Deutschland zurückgenommen und da steh ich jetzt bei uns zu Hause im Wohnzimmerregal, ganz entspannt in permanenter Urlaubsstimmung: Ich steh da so und mach ab jetzt bis in alle Ewigkeit erstmal gar nichts mehr.

## Susanne

Ja grüß dich, Susanne, toll dass du anrufst, ja ich glaube, du hast es ja auch schon öfter probiert hier, mich zu erreichen, du hast ja schon öfter aufs Band gesprochen. Ich guck mal gerade, ah ja, schon sechzehnmal, mh.

Ja nee, ich hab das schon, die Nachrichten sind schon drauf, aber irgendwie spinnt dieses Teil hier, scheiß Telekom.

Wie, ob ich mir was überlegt hab? Ach so, ja nee, ja doch, hab ich mir schon ziemlich intensiv Gedanken drüber gemacht, jetzt am Wochenende, mhh, klar.

Ej, natürlich war das ne total schöne Nacht, klar könnte ich mir das auch längerfristig mit dir vorstellen, auf jeden Fall.

Ich fürchte einfach nur, dass das en zeitliches Problem wird bei mir. Ich bin einfach zur Zeit total dicht. Ich wüsste gar nicht, wo ich dich da momentan noch reinschieben könnte.

Ich weiß, das hört sich jetzt vielleicht doof an, aber ich meine, du willst ja jetzt auch nicht irgendwie mit nem Mann zusammen sein, der dann nicht da ist, das wäre ja blöd für dich, dann wärst du da und er wäre gar nicht da. Das bringt ja auch nichts.

Ich meine, du hast echt was Besseres verdient. Du hast jemanden verdient, der auch mal Zeit hat für dich, jemanden, der dir die Liebe, die Zärtlichkeit und die Aufmerksamkeit gibt, die du verdienst.

Jemanden, bei dem du dich auch mal fallen lassen kannst und der dich einfach mal nur so in den Arm nimmt. Also die ganze Palette halt.

Ich meine, das ist doch für euch Frauen auch so wichtig heutzutage. Und ich kann das auch auf jeden Fall nachvollziehen, also rein theoretisch auf jeden Fall.

Nein, Susanne, ich würde an deiner Stelle jetzt auf keinen Fall schon mal voreilig mit deinem Freund Schluss machen, das ist en Super-Typ, echt.

Aber Susanne, mir fällt da gerade was ein. Ich könnte mir eine Beziehung mit dir unter Umständen eventuell doch vorstellen.

Wie wär's denn, wenn wir uns am Anfang erstmal nur so einmal die Woche treffen würden, vielleicht so die ersten zwei, drei Jahre, also nur so für uns, das muss ja gar keiner mitkriegen, das ist doch toll, wenn man son Geheimnis hat.

Mir schwebt da so der Samstag vor, da bin ich doch abends mit den Jungs immer einen trinken, danach gehen wir ja immer noch in den »Klabautermann« zum Stiefelsaufen und danach könnte ich mir durchaus vorstellen, da bei dir mal eben noch spontan kurz reinzuschauen.

Nicht so gerne. Mmh. Schade. Nee ich dachte, da könnte man vielleicht einfach nochmal son bisschen quatschen, so rein intellektuell, also ganz unverbindlich da bei dir auf dem Teppich.

Nicht so gerne, Samstag nacht um vier Uhr, mmh. Nee, schade.

Ob ich in dich verliebt bin? Ej, ich meine, was ist das für ne Frage, Susanne. Ej klar, sone gewisse Grundverliebtheit ist bei mir da auf jeden Fall immer vorhanden, ej, anders könnte ich das gar nicht, auch rein gefühlsmäßig, das ginge gar nicht, das würde mein Körper gar nicht mitmachen, da würde ich total somatisieren, da wäre ich total blockiert.

Ich meine o. k., es sei denn, das Gegenargument hieße Trixie, wäre zweiundzwanzig und hätte zwei Riesen-Bollermänner in der Auslage, aber, nee Quatsch, das war nur en kleiner Spaß.

Susanne, Susanne, bist du noch dran? Susanne!? Mmh, Mist, aufgelegt.

Hach, ich versteh die Frauen einfach nicht. Das mit dieser Trixie, das war doch jetzt wirklich nur rein fiktiv.

# Der Nachbar

Ich weiß gar nicht, ob Sie's wussten, aber wir kommen mit unseren Nachbarn wunderbar klar, da gibt's überhaupt keine Probleme.

Einer tanzt son bisschen aus der Reihe, dem hatte ich vor ner Woche ne Heckenschere geliehen, die wollte er am nächsten Tag zurückbringen, heute hab ich se wiedergekriegt, aber ansonsten ist alles in Butter bei uns.

Tolles Verhältnis überall, zu allen Seiten. Ganz klasse.

Meine Frau sagt auch, was wäre denn gewesen, wenn du die Heckenschere in der Woche plötzlich dringend gebraucht hättest, was weiß ich, wenn die Hecke plötzlich überdurchschnittlich schnell nachgewachsen wäre, da wären wir ja hier zugewachsen, quasi von der Hecke verschlungen worden.

Da hab ich gesagt, och, da wäre ich zu ihm rübergegangen und hätte gefragt: Entschuldigung, können Sie mir eventuell mal meine Heckenschere leihen?

Necht, ich denke mit ner gehörigen Portion Humor, lässt sich noch jede nachbarschaftliche Klippe umschiffen. Ha, ha, ha ...

Wenn er allerdings zu dem Zeitpunkt nicht zu Hause gewesen wäre, sähe die Sache natürlich schon wieder ganz anders aus. Dann, denke ich, wäre es sehr sehr ernst geworden. Aber ansonsten, tolles Verhältnis überall zu allen Seiten, ganz klasse.

Er passt vom Lebensstil her nicht so ganz in unsere Ge-

gend, aber wen kratzt das schon, soll doch jeder machen, was er will. Meine Frau sagt, wenn er die Heckenschere schon so lange behält, dann hätte er sich wenigstens mal seinen Ziegenbart damit abschneiden können.

Ich sag, lass en doch, der ist irgendwann so lang, dass er damit beim Fahrradfahren in den Speichen hängen bleibt, dann hat sich das Problem von selber erledigt.

Da sagt meine Frau: Aber der hat doch überhaupt kein Fahrrad. Da hab ich gesagt, das ist ja nicht schlimm, das kann ich ihm ja dann leihen.

## Der Motivationstrainer

Du bist die Nummer eins, lass krachen!

Mein Name ist Stefan Krone, ich komme von der Firma Power Consulting and worldwide Enthusiasm Success AG und ich soll heute Abend hier dieses Motivationstraining mit Ihnen machen.

Eh, ja, normalerweise sollte hier an dieser Stelle Toni Wonderful stehen, der große Motivationsguru aus Beverly Hills, aber der ist ja letzte Woche leider aus dem Leben geschieden.

Der Herr Wonderful ist irgendwie unglücklich mit dem Kopf bei sich auf dem Dachboden in soner Schlinge hängen geblieben.

Jetzt soll ich das halt übernehmen, das ist jetzt mein erstes Motivationstraining, aber mein Chef hat auch gesagt, das ist jetzt die Chance für dich, sonst musste halt wieder Zeitungen austragen.

Ja, ich hab mich da son bisschen eingelesen auch, ganz wichtig ist eben, ja, ehm, dass man erstmal son Spruch auch hat und meiner, ja, den hab ich mir ja ausgedacht, den find ich prima, hab ich ja am Anfang schon gesagt, aber mach ich jetzt nochmal:

Du bist die Nummer eins, lass krachen!

Sie können dann auch mitmachen:

Du bist die Nummer eins, laaaasss Krachen!

Ja, das klappt ja schon prima.

Ehm, ja, ich wollte Ihnen erstmal meine Lebensgeschichte erzählen, das hat der Toni Wonderful ja auch immer gemacht am Anfang. Das ist also auch ne ziemliche Erfolgsstory, ich hab studiert, zweiunddreißig Semester, auf Lehramt, ja, ich war gerade dabei, meinen ersten Schein zu machen, um dann auch irgendwann mein Grundstudium mal zügig abschließen zu können, da bekam ich einen Anruf.

Papa hat angerufen, es war so kurz nach meinem achtunddreißigsten Geburtstag, ich lag noch im Bett, als er nachmittags anrief, ich glaube, es war so kurz nach vier, na ja, auf jeden Fall wurde es draußen schon wieder dunkel.

Da hat er mir dann mitgeteilt, dass er mir ab dem Tag nichts mehr von seiner kleinen Schwerbehindertenrente abzwacken könnte. Ich meine, is klar, für mich brach natürlich ne Welt zusammen, ich war total enttäuscht und schockiert, da hab ich ihn aus Leibeskräften angeschrien, ich hab geschrien: Papa, was bist du nur für ein rücksichtsloser Mensch, willst du dein eigenes Kind verhungern lassen?

Doch als Antwort hörte ich nur ein markerschütterndes Quietschen am anderen Ende der Leitung. Anscheinend hatte ich so laut geschrieen, dass es im Hörgerät meines Vaters zu einer Dauerrückkopplung kam. Ich hab dann auch nicht mehr viel von ihm gehört. Ich glaube, er ist dann in son Pflegeheim eingeliefert worden für alternde Rockmusiker, nee, weil die ham ja auch alle son Fiepen im Ohr, von daher hat er sich direkt super mit denen verstanden.

Und da wurde mir klar, ich musste jetzt doch wohl irgendwie auf eigenen Beinen stehen, das wurde mir immer klarer, im Laufe der nächsten Monate oder besser gesagt Jahre.

Und dass ich heute Abend hier vor Ihnen stehe, verdanke ich nicht etwa, wie viele von Ihnen vielleicht jetzt denken, meiner eigenen inneren Motivation oder meiner eigenen glasklaren Erkenntnis, dass ich jetzt mal langsam in die Puschen kommen müsste, sondern einzig und allein dem Arbeitsamt Paderborn.

Nee, weil wenn ich wieder gekniffen hätte und die Umschulung nicht gemacht hätte, dann hätten se mir die Stütze gestrichen und das wollte ich natürlich auch nicht. Das können viele von Ihnen ja wahrscheinlich nachvollziehen, wenn ich mich hier mal so umgucke heute Abend.

Ja, du bist die Nummer eins, laaaasss krachen!

Prima!

Von der Philosophie her ist es also so, hier jetzt beim positiven Denken eben auch, was ich Ihnen jetzt vermitteln soll, also, dass man das Leben eben mehr so von der guten Seite sich mal angucken sollte, also nicht so von der schlechten, klar, neunzig Prozent ist schlecht, klar aber ..., wahrscheinlich sogar fünfundneunzig Prozent, nee, das sollte ich jetzt eigentlich gar nicht sagen, aber ist ja eigentlich doch so, aber vielleicht sollte man das mal ausblenden, dass man da mal ne Scheuklappe aufsetzt und jetzt irgendwie, sagen wir mal, sagt, jetzt ist es doch eigentlich eher gut, dass man vielleicht sone Polonnaise startet hier durch den Raum und so sagt, och, was geht es mir gut, mir geht es doch eigentlich gut, ach, was geht es mir gut ...

Dass man so sagt, och, eigentlich geht es mir gut, obwohl eigentlich is scheiße, aber ..., also, so hab ich das verstanden auf jeden Fall.

Du bist die Nummer eins, laaasss krachen! Jaha haha ...

Super, da muss ich wohl doch keine Zeitschriften austragen, nee, weil ich brauch auch diesen Schlaf vormittags, das ist nicht so gut für mich, sonst bin ich den ganzen Tag unausstehlich.

Deswegen wollte ich jetzt zum Abschluss nochmal sone kleine Übung mit Ihnen machen, die hab ich mir jetzt auch ausgedacht, dass Sie mir eben nochmal diese Sätze irgendwie so enthusiastisch nachsprechen, das hat ja eben auch schon so prima geklappt.

Ich sag jetzt … und Sie dann auch …:

Ich bin ein wertvoller Mensch
Ich werde es schaffen
Es sei denn
Es kommt was dazwischen!

## Der Asylbewerber

Bei uns in der Ausländerbehörde erlebt man Sachen, ich sag's Ihnen, da muss man sich wirklich en dickes Fell zulegen.

Mir macht da so schnell keiner mehr was vor, ich kenne die Tricks, da kriegt man wirklich Menschenkenntnis mit der Zeit.

Aber das ist ja auch das Schöne an diesem Beruf, das ist kein öder Bürojob, sondern man hat täglich mit Menschen und ihren ganz persönlichen Nöten zu tun.

Zum Beispiel neulich, kommt dieser kurdische Asylbewerber zu mir ins Büro, kippt sich ne Flasche Benzin über den Kopf und fragt mich ganz verzweifelt, ob ich zufällig Feuer hätte.

Tja, da ist man natürlich gerne hilfsbereit. Was meinen Sie, wie schwer mir das gefallen ist, ihm mitteilen zu müssen, dass ich leider schon seit einigen Jahren Nichtraucher bin. So was ist auch für mich nicht leicht, auch nach all den Jahren.

Da hat er sein Hemd hochgerissen, mir seine dreißig Zentimeter lange Narbe auf dem Bauch gezeigt und gesagt, er wäre in der Türkei gefoltert worden.

Ich sag, das kann doch jeder behaupten. Das ist doch ganz klar ne Blinddarmnarbe.

Da hat er gesagt, dann müssten se den bei ihm aber erstmal ganz woanders gesucht haben, fast schon im Brustbereich.

Da hab ich gesagt, ja was weiß ich, wo die Türken ihren Blinddarm haben.

Und in der Türkei gefoltert? Da waren wir letztes Jahr im Urlaub, da sind wir verwöhnt worden, aber nicht gefoltert. Das war klasse, jeden Abend Bauchtanz und Raki bis zum Abwinken. Aber all inclusive, is klar.

Die Türkei ist ein EU-Beitrittskandidat, da wird man doch nicht gefoltert.

Gut, vielleicht mit dieser türkischen Volksmusik, mit diesem ständigen Gejalla, oder mit diesem widerlich-süßen türkischen Honig, aber das ist leider nicht strafbar.

Da kann ich wirklich nichts für Sie tun, da müssen Sie wohl wieder zurück in Ihre Heimat.

Da hat er gefragt, welche Heimat?, und seine Schuhe ausgezogen.

Ich frag, muss das sein, wird das jetzt en Striptease oder was? Dann hole ich eben noch die Kollegen dazu, dann kommt en bisschen mehr Stimmung auf.

Da hat er mir seine Fußsohlen gezeigt, da wäre er auch gefoltert worden.

Da habe ich gesagt, o.k., die sehen schon en bisschen komisch aus, das kann aber auch sehr gut Fußpilz sein.

Hier gucken Sie sich mal meine an, auch Fußpilz, aber was für einer, wie aus dem Bilderbuch.

Ich sag, wenn jeder, der Fußpilz hat, bei uns in Deutschland Asyl kriegen würde, da können wir unsere Schwimmbäder dichtmachen, da bricht unser Gesundheitssystem restlos zusammen, da können wir hier ne riesige Pilzfarm aufmachen.

Da hab ich gesagt, das tut mir Leid mit Ihrem Fußpilz, ich kann Ihnen da ne ganz tolle Salbe empfehlen, aber da müssen Sie trotzdem nächste Woche zurück in die Türkei.

Ich sag, ich kann das ja verstehen, am letzten Urlaubstag, da bin ich auch immer ganz sentimental und genieße noch jede Minute, aber irgendwann muss man dann doch zurück.

Da sagt er, ja da würde er aber bestimmt dann schon direkt am Flughafen von den türkischen Behörden abgeholt.

Da hab ich gesagt, das ist doch toll. So werde ich in Deutschland nie empfangen, wenn ich aus dem Urlaub zurückkomme.

Wahrscheinlich rollen die sogar noch en roten Teppich aus für Sie.

Ach, die Türkei ist doch so schön, ich weiß gar nicht, was Sie haben, der Bazar von Antalya, die Ausgrabungen in Perge, herrlich.

Und dann dreihundert Sonnentage im Jahr, da kann man doch wohl wirklich nicht meckern. Manche Leute sind aber auch nie zufrieden.

Da sagt er, ja von der Sonne, da würde er aber im Knast nicht viel mitkriegen.

Da hab ich gesagt, ja seien Sie doch froh, zu viel Sonne ist auch nicht gut, ich hab mir da letztes Jahr bei Ihnen in der Türkei en ganz bösen Sonnenbrand zugelegt, da soll man nicht mit spaßen, das kann sehr gefährlich werden, das kann ganz böse enden, ganz böse.

Da sagt er, ja mit seinem Bruder da hätte es auch ganz böse geendet, den hätten se verschleppt und umgebracht.

Da hab ich gesagt, ja was soll ich denn erst sagen, ich hab nie en Bruder gehabt.

Nur ne Schwester. Und mit der konnte man nicht Fußball spielen, die hat man höchstens mal ins Tor gestellt, wenn gerade kein anderer da war.

Aber mit der konnte man doch nicht vernünftig Fußball spielen, so wie Sie mit Ihrem Bruder, zumindest für en paar Jahre.

Da ist er mir an die Gurgel gesprungen.

Als er dann von den Beamten abgeführt wurde, hab ich

ihn noch gefragt, ob er mir noch en Tipp geben könnte, wo die ihre nächsten Anschläge planen, damit man sich von der Urlaubsplanung her en bisschen darauf einstellen könnte.

Na ja, manche Leute reagieren da aber auch emotional etwas übermäßig, vielleicht hatte er aber auch einfach nur en schlechten Tag, das kennen wir ja alle, oder er hatte irgendwas an der Schilddrüse, wahrscheinlich zu jodarm ernährt.

Hach ja, so zufrieden wie ich mit meinem Job bin, manchmal überlege ich, ob ich nicht doch nochmal was anderes anfangen sollte.

Nee, weil auf Grund meiner Menschenkenntnis und meines Einfühlungsvermögens wäre ich doch auch eigentlich sehr prädestiniert für den Beruf des Psychotherapeuten.

Na ja, mal sehen.

# Der Raser

Ja, ich bin ja eben von sonem Raser überholt worden, das sind ja schreckliche Leute diese Raser, bringen andere in Lebensgefahr, das ist unverantwortlich.

Denen sollten se den Führerschein wegnehmen, ihn in kleine Teile zerhacken und an Karneval als Konfetti wieder zurückgeben.

Die telefonieren ja auch meistens dann noch beim Rasen, so Handy-Typen: Hoh, ich bin wichtig, ich mache gerade am Telefon ne Riesen-Börsentransaktion, während ich mit hundertfünfzig Stundenkilometern hier an der Blindenschule vorbeibrettere.

Wahrscheinlich hat er nur die Wettervorhersage am anderen Ende der Leitung oder sone Telefonsex-Nummer, ja, du bist der Größte, mach's mir, komm schneller, schneller, schneller, bis er dann auf dem Höhepunkt an nem Brückenpfeiler klebt.

Vielleicht nicht die schlechteste Art zu sterben für son Raser, aber das geht doch auch alles wieder auf Kosten der Steuerzahler, ich meine, son Brückenpfeiler, der muss ja auch dann wieder sauber gemacht werden, das ist doch ne Riesenschweinerei mit dem ganzen Blut und Gehirn, obwohl Gehirn wahrscheinlich weniger. Bah ekelhaft. Ekelhafte Typen.

Das sind ja auch oftmals dazu noch sehr rücksichtslose Raucher, diese Raser, die rauchen ja sogar, wenn se en Baby mit im Auto haben, alle Fenster geschlossen und hinten son Aufkleber drauf, Baby an Bord, da fragt sich nur, wer hier von beiden das Kleinkind ist. Bah ekelhaft. Ekelhafte Typen.

Die stinken ja auch oft, ungepflegte Typen, Mitesser, Pickel oft, ja, das kann man sehr gut erkennen im Rückspiegel, so nah wie die auffahren. Die Haare so rübergeklatscht, von einer Seite zur anderen. Das würde ich persönlich nie machen. Das wäre mir schon suspekt.

Oft sehr starken Körpergeruch haben die. Nee, ist doch klar, irgendwo müssen die doch sparen, um die ganze Kohle für son Wagen zu haben. Da ist das Cockpit-Spray halt wichtiger als das Deo. Obwohl, vielleicht ginge das ja auch ...

Bah, ekelhaft. Die riecht man oft schon durch die Windschutzscheibe.

Wenn Sie irgendwann mal son unangenehmen Geruch wahrnehmen beim Autofahren und es war keiner von Ihren Insassen, da können Sie sicher sein, dass gleich son Raser an Ihnen vorbeischießt. Können Sie direkt schon rechts ranfahren.

Und zu Hause stehen die ja dann oft voll unter dem Pantoffel: Hier, bring mal den Müll runter, oder: Was, das Glas soll sauber sein, zur Strafe fängst du nochmal ganz von vorne an mit spülen. Ja klar, mach ich Schatz, sonst noch was? Ja, wenn du noch einmal im Stehen pinkelst, dann schneide ich dir dein Ding ab. Oh nein, bitte nicht, davon hab ich doch nur eins, dann lieber ne Hand, und wenn's geht die linke, damit ich mit rechts noch schalten kann.

Bah, ekelhaft. Ekelhafte Typen.

## Der Grinser

Ich weiß gar nicht, ob Sie's wussten, aber en Bekannter von meiner Bekannten, der grinst immer. Neulich haben wir ihn auf ner Party von nem Bekannten von uns getroffen, da sag ich zu meiner Bekannten, was grinst der denn jetzt schon wieder so, hörma, der hat doch nicht mehr alle Tassen im Schrank, der hat sich doch bestimmt irgendwie son Glückszäpfchen eingeführt.

Da sagt meine Bekannte, nee, der ist einfach gut drauf, da sag ich, ich bin auch gut drauf, aber deswegen muss ich doch nicht die ganze Zeit so grinsen, als wenn se mir was in den Tee getan hätten.

Da hab ich ihn mal angesprochen und gefragt: Na, wie geht's uns denn so? Da sagt er, bestens, da sag ich, ja, das hab ich mir schon gedacht.

Ich sag, hörma, ich beneide dich wirklich, du bist immer so gut drauf, wie machst du das eigentlich, was ist dein Geheimnis?

Da sagt er, och, er hätte eigentlich kein Geheimnis, er wäre halt eher son ausgeglichener Typ, er würde die Dinge halt öfter mal von mehreren Seiten aus betrachten.

Ich sag, von mehreren Seiten aus, das ist ja interessant, dann kannst du bestimmt auch mal so richtig sauer sein, so abgrundtief böse und gemein.

Da konnte er dann irgendwie nichts mit anfangen. Da hab ich ihn dann mal vor son großen Spiegel gestellt und mit ihm geübt, wie man so richtig böse und sauer guckt, aber dieses Grinsen ging dabei irgendwie nicht aus dem Gesicht, die Mundwinkel waren immer oben.

Mittlerweile hatte sich schon sone Menschentraube um uns angesammelt, die ihn mit so Anfeuerungsrufen unterstützt haben, aber das hat alles nichts gebracht. Zwei haben dann versucht, ihm die Mundwinkel mit Gewalt nach unten zu ziehen, hat aber nur kurz geklappt, danach waren se direkt wieder oben, außerdem konnte ich sehen, dass die Augen immer noch am Grinsen waren. Meine Bekannte hat dann vorgeschlagen, ihm einfach en Sack über den Kopf zu stülpen, dann wäre das Grinsen ja auch weg, das haben wir aber der Fairness halber nicht gelten lassen. Die Stimmung auf der Party wurde natürlich immer mieser. Wir haben wirklich alles versucht. Der DJ ist extra nochmal nach Hause gefahren und hat seine schlechtesten Platten geholt, son richtigen Depri-Sound, hat aber alles nichts gebracht.

Ich hab das Experiment dann abgebrochen und ihn danach mit nem Bekannten von mir bekannt gemacht, der also wirklich en totaler Stinkstiefel ist, mit dem hält man es wirklich keine zehn Minuten aus, ohne dass die Stimmung komplett den Bach runtergeht. Als ich nach zwei Stunden wieder zurückkam, war der Miesepeter so was von fertig, er hat für den Rest des Abends nur noch Mineralwasser getrunken mit so einem leicht wahnsinnigen Grinsen im Gesicht.

Da hab ich gedacht, vielleicht ist es bei dem Grinser auch einfach anatomisch, dass er die Mundwinkel einfach nicht nach unten machen kann, selbst wenn er es wollte, dass der Muskel da vielleicht einfach verkürzt ist, oder dass ihm da en Weisheitszahn irgendwie aufs Humorzentrum drückt.

Zwei Wochen später hab ich ihn dann zufällig in der Stadt getroffen und da war er irgendwie gar nicht am Grinsen. Da hab ich gefragt: Was ist denn mit dir los, hast du en Stock verschluckt? Da hat er gemurmelt, er käme gerade vom Zahnarzt und beide Gesichtshälften wären betäubt.

Und da, muss ich sagen, gingen meine Mundwinkel automatisch nach oben. Ich hab dann das ganze Programm mit ihm durchgespielt, hab ihm erzählt, wie saugut es mir ginge, hab ihn zum Eis eingeladen, er musste allerdings ne kalte Zitrone mit Strohhalm nehmen, und zum krönenden Abschluß haben wir dann noch meinen miesepetrigen Bekannten besucht, was bei dem direkt wieder dieses wahnsinnige Grinsen ins Gesicht brachte.

Als die Betäubung beim Grinser dann allerdings langsam nachließ, dieses Grinsen wieder einsetzte und er uns gerade wieder an seiner tollen Grundstimmung teilhaben lassen wollte, mussten wir ihn allerdings schnell in ein Taxi setzen und haben ihm zum Abschied, wahrscheinlich mit einem etwas gequälten Gesichtsausdruck, nochmal hinterhergegrinst.

## Der Stilvolle

Ich weiß nicht, wie das bei Ihnen so ist, aber bei uns muss das Leben schon etwas Stil haben. Ich sag immer, Stil ist die halbe Miete.

Neulich waren wir mal eingeladen, bei den Kloses zum Lunsch, ja, und bei den Kloses ist es ähnlich wie bei uns: Lebensart ist bei denen auch Trumpf.

Herr Klose hatte zwei sehr schöne Weine eingekauft, da konnten wir dann wählen zwischen em ganz hervorragenden Schianti oder nem alten Bordö.

Wir haben dann erstmal die Flaschen Schianti getrunken, haben uns dann aber letztendlich doch noch für den Bordö entschieden.

Zum Or'döble gab es Scampis, mhh, die waren ganz toll, der Schwanz schön knackig, meiner Frau ist sogar noch son Fühler im Hals stecken geblieben, also ne ganz hervorragende Qualität.

Wir haben beim Essen auch gesteigerten Wert gelegt auf besonders stilvolle Gesprächsthemen. Ich hab z. B. gesagt, der größte Schriftsteller ist ja wohl hier der Goethe, da sagt Herr Klose: Genau, sein Lieblingsbuch von Goethe wären ja diese berühmten Gespräche zwischen Goethe und Neckermann.

Da hab ich gesagt, ja, ja, ehm, und meiner Frau gefallen am besten die Glocken von Schiller.

Da sagt Herr Klose, ja, und mit seinem Sohn, da hätte er auch ganz große Pläne, mit dem Günther. Der ist jetzt sie-

ben und der soll dann später wohl mal in Oxfurt promenieren. Ach, beneidenswert.

Da hab ich gesagt, tja, und unser Gürgen, der überrascht uns auch immer wieder aufs Neue mit dem seiner Intelligenz. Ich hab neulich noch zu meiner Frau gesagt, ich sage, pass mal auf du, unser Jürgen, mit dem seiner Intelligenz, das wird noch mal en zweiter Albert Einstein, wie der uns immer seine Zunge rausstreckt.

Und dann sitzt er immer da auf seinem Töpfchen und guckt ganz angestrengt und konzentriert. Kommt auch immer was bei raus. Also wir sind sehr zufrieden mit ihm.

Ich hab neulich noch zu ihm gesagt, ich sag, Gürgen, wenn du so weitermachst da auf deinem Töpfchen, da bringst du es vielleicht sogar noch mal zum Generaldirektor der Westfälischen Klärwerke. Da kannst du aber jetzt einen drauf lassen ...

Frau Klose hatte en ganz stilvolles Kleid an. Son ähnliches hatte sie wohl vorher schon mal gesehen in der Wogü, wirklich ganz zauberhaft, ich hab mal aufs Etikett geguckt, das guckte so oben aus dem Kragen raus und das Raffinierte an diesem Kleid war, das es wohl von zwei Modedesignern gleichzeitig gemacht worden ist, also in soner Art Kooperation.

Also dreißig Prozent waren von Cotton, das ist ja dieser Engländer und siebzig Prozent waren von Acryl, das ist ja dieser verrückte Franzose, den hat man ja schon öfter, den kennt man ja.

Ich persönlich trage am liebsten die Kreationen von diesem norwegischen Designer, von diesem Baum Wolle, nee, doch der ist wirklich total klasse, und meine Frau und ich, wir finden den beide so toll, von dem haben wir jetzt sogar unsere Bettwäsche. O. k., vielleicht en bisschen dekadent, aber wir sind halt so richtige Genießer.

Aber ich sag auch immer, Stil ist etwas, was man sich

auch mit noch so viel Geld nicht erkaufen kann, ich sag immer, entweder man hatt en oder man hatt en nicht.

Ich sag auch oft zu meiner Frau, hörma, wir müssen uns das immer wieder bewusst machen, wir leben doch hier wirklich wie Gott in Frankfurt.

## Der Arrogante – oder: ein Frührentnergespräch

A: Und, wie geht's?
B: Och, gut.
A: Ja, läuft ja auch alles bei dir.
B: Ja.
A: Deine Frau stellt uns hier ne Keksauswahl von Bahlsen hin, in deinen Schrebergarten, Tasse Kaffee dazu. Ist doch alles prima!
B: Ja.
A: Mmh.
B: Ja, doch.
A: Ich meine, o. k., wenn jetzt hier son paar labbrige Brötchen liegen würden, dann könnte ich dich ja noch verstehen.
B: Nee, is schon toll.
A: Es gibt ja so Leute, die sind mit nichts zufrieden, den kannst du hier hinstellen, was du willst, Sacher-Torte, direkt aus Wien eingeflogen, so groß, wie deine ganze Terrasse hier. Dann muss es auf einmal Kaviar sein für die feinen Herrschaften.
B: Nö.
A: Aber bei dir, ich meine, du hier mit deinem Reiheneckhaus, da gibt's doch nix zu meckern.
Wenn du jetzt sagen würdest, ich lebe in sonem schäbigen Hinterhof, nix zu beißen, es ist arschkalt im Winter, die Alte geht dir auf die Nerven, die Kinder fressen

dir die Haare vom Kopp, da hätte man en Grund zu meckern, aber so …

B: Aber wieso, ich …

A: Dann würde dir der Arsch auf Grundeis gehen. Aber so? Stell dir doch nur bitte einmal vor, du würdest da in Bombay auf der Straße da, irgendwie so, was weiß ich …

B: Nee, das will ich natürlich auch nicht.

A: Na bitte, dann stehst du nämlich da und da hilft dir keiner, da kannst du zusehen, wie du über die Runden kommst, da könntest du froh sein, wenn du auch nur zwei Tage da …, da wird mit dir kurzer Prozess gemacht.

B: Oh nein, Gott behüte!

A: Dann wärest du in der Position zu klagen, den Finger zu heben und zu sagen, hier wird mir Leid zugefügt. Aber guck doch mal bei dir, mach doch mal die Augen auf: Deine Frau bringt einen prima Nebenverdienst mit nach Hause, deine Kinder sind überdurchschnittlich gut in der Schule, dein Haus ist so gut wie bezahlt, den Wagen kannst du fast zu hundert Prozent abschreiben. Wo, bitte schön, ist dein Problem?

B: Aber ich hab doch gar …

A: Nein, ich weiß, ich will dir jetzt auch nicht, du bist mit Sicherheit, aber ich möchte dir gerne noch eine Frage stellen und ich stelle dir diese Frage nur ein einziges Mal:

Hast du – auch nur im Entferntesten – den Schimmer einer Ahnung, wie sich ein Mensch fühlen muss, der nie auch nur den Funken einer Chance und schon von Anfang an nicht, den kein Schwein jemals in den Arm genommen hat, weil man ihm grundsätzlich nichts zugetraut hat, dem nie mal gesagt wurde, das hast du gut gemacht, du bist ein guter Junge, für den die einzigen Streicheleinheiten in seiner Kindheit waren, wenn sein Vater ihn übers Knie gelegt hat und mit dem Latschen

verdroschen hat und er hätte es sich später sogar manchmal freiwillig gewünscht, aber da war sein Vater schon tot, die Freundin wollte es nicht machen und von professioneller Seite aus war es ihm zu teuer. Zu teuer!

B: Also jetzt reicht's mir aber. Jeden Samstag dieselbe Leier. Ich sitze hier und möchte Kaffee trinken und du bringst hier immer sone Unruhe rein.

A: Ja, o. k., tut mir Leid.

B: Ich meine, so ganz unrecht hast du ja auch gar nicht, neulich hab ich noch so aus Spaß zu Brigitte gesagt, eigentlich könnten wir uns doch schon mit Hundertmarkscheinen den Hintern abwischen, hehehe, na ja, ist natürlich jetzt en bisschen übertrieben, aber mit Zehnern wäre es eigentlich kein Problem.

A: Mmh – kein Problem mit Zehnern? Mmh!

B: Hehe, nö, nur mal so aus Spaß.

A: Nur mal so aus Spaß ...

B: Ja.

A: Was bist du nur für ein arroganter, eingebildeter, großkotziger, widerwärtiger, armer kleiner Wicht?! Ich speie aus vor dir und deiner Brut.

B: Ja toll, da hast du mich ja wieder genau da, wo du mich haben willst. Nur weil ich meine Frührente schon durchgekriegt habe und du immer noch auf deinen Bescheid wartest. Jeden Samstag dasselbe.

A: Ja, aber dieses Mal hast du den Bogen überspannt. Ich gehe!

B: Ja tschüss. Ruf mich an, wenn du dich wieder beruhigt hast. Wahrscheinlich wird das ja dann nächsten Samstag wieder der Fall sein.

A: Nein, wenn sich jemand melden muss, dann bist du es. Aber bitte erst dann, wenn du von deinem Höhenflug wieder auf dem Teppich gelandet bist.

## Alter Klavierspieler

Hey, du alter Klavierspieler
Spiel mir noch einmal dein Lied
Das Lied, mit dem du berühmt wurdest
Als ich noch gar nicht geboren war

Hey, du alter Klavierspieler
Spiel mir noch einmal den Lied
Das Lied, von dem alle so entzückt waren
Bevor man dich vergaß

Die dum didel dum
Hei haha wum
Ja, das war deine Melodie
Die dum didel dum
Hei haha wum
Ich vergesse sie nie

Hey, du alter Klavierspieler
Spiel mir noch einmal dein Lied
Hier im Seniorenstift
Auch wenn das Klavier schon reichlich verstaubt ist

Die dum didel dum
Hei haha wum
Ja, das war deine Melodie
Die dum didel dum

Hei haha wum
Wir vergessen sie nie

Denn schon morgen kann es zu spät sein
Sieh wie die Wolken weiterziehen
Drum wisch den Staub vom Klavier
Öffne den Deckel
Bevor er sich für dich
Vielleicht schon bald
Für immer schließt

Die dum didel dum
Hei haha wum
Ja, das war deine Melodie
Die dum didel dum
Hei haha wum
Wir vergessen sie –
na wie ging se noch?, ne Quatsch, kleiner Spaß! –
Nie.

## Die Laienspielgruppe

Hach, Riesenknatsch bei uns in der Laienspielgruppe, Riesenzoff, dabei fing alles so schön an.

Ich hatte mich zum ersten Mal so richtig verliebt, in sone Bekannte von mir. Die hatte ich kennen gelernt in som Pferd, also wir waren zusammen in som Pferdekostüm, sie war vorne und ich war hinten, also ich war quasi der Arsch und sie stand vorne so aufrecht, hatte die Arme angelegt und ihre Beine waren die Vorderbeine von dem Pferd und ich hab mich so an ihrem Hintern festgehalten.

Das war quasi bei mir jetzt Liebe auf den ersten Blick, wie ich da so hinter ihr stand.

Na ja, so richtig kennen gelernt hab ich sie eigentlich erst so nach zwei Wochen, als ich se zum ersten Mal so bei Tageslicht gesehen habe.

Nee, ich hatte vorher immer so Probleme, schnell genug aus dem Kostüm rauszukommen, weil die Jungs haben nach der Probe immer noch son kleines Rodeo mit mir veranstaltet.

Hach nee, die ham ja immer schon mal gerne Spaß die Jungs, houhouhou …

Da haben se mir einfach son Sattel aufgeschnallt, mir den Pferdekopf so übergestülpt, dann bin ich meistens vorne rübergekippt und mit den Armen in den Vorderbeinen von dem Pferdekostüm gelandet. Blieb mir ja auch nichts anderes übrig.

Gut, das war jetzt vielleicht nicht mehr son großes

Pferd, wie mit meiner Bekannten zusammen, aber als Shetlandpony wäre ich noch locker durchgegangen.

Na ja, und dann haben se mir aber so richtig die Sporen gegeben, dann haben wir Hindernisreiten gemacht, also Military, so richtig mit Wassergraben, die Treppen rauf und runter und zum Schluss ging's dann immer noch en paarmal über den Stacheldrahtzaun, bis unser Relilehrer mich meistens dann von dieser Tortur befreit hat.

Hach nee, die haben immer schon mal gerne Spaß die Jungs, houhouhou ...

Obwohl ich sagen muss, von den Zeiten her wurde ich immer besser, ich hatte sogar schon überlegt, mich eventuell mal bei den Deutschen Meisterschaften im Shetlandpony-Reiten anzumelden.

Aber dafür braucht man ja auch erstmal ein gutes Gestüt, was einen managt, aber da fehlen mir echt noch die Connections.

Na ja, und das Stück, wo wir dann mitgespielt haben, das war son Bauernschwank, aber schon ziemlich anspruchsvoll, sagte unser Relilehrer, also so von den Dialogen her, obwohl wir als Pferd hatten eigentlich relativ wenig Text.

Dafür hatten wir dann mehr Gelegenheit, im Pferd miteinander zu quatschen.

Nee, und das war echt total schön, bis auf die eine Aufführung, wo sie vorher diesen Linseneintopf gegessen hatte. Ja, da war zum ersten Mal son bisschen dicke Luft zwischen uns.

Na ja, aber wenn man so richtig verliebt ist, dann verschlägt es einem ja auch schon manchmal den Atem, wenn man mit seiner Geliebten zusammen ist, da drückt man ja auch schon mal beide Nasenlöcher zu.

Hach nee, das war schon toll. Einmal war sie krank, da hat unser Relilehrer ihre Rolle übernommen, das hatte ich erst ganz vergessen. Erst als ich mir en Bonbon aus ihrer Hosentasche holen wollte, wie immer nach dem zweiten Akt, da fiel's mir wieder ein.

Was ich da in der Hand hatte, fühlte sich auf jeden Fall nicht an wie en Bonbon, sondern eher wie sone kleine Rolle Weingummi mit zwei Marzipankartoffeln.

Nach der Vorstellung hat mich der Relilehrer dann so beiseite genommen und mich noch zu nem guten Glas Rotwein in sone schummrige Kellerbar eingeladen.

Da sagt er so, ja, was da eben passiert wäre, das wäre jetzt nicht so schlimm, das wäre im Theaterbereich eigentlich eher die Regel als die Ausnahme. Ich wusste gar nicht, was der jetzt meint.

Da sagt er, ja, in meinem Alter wäre es ganz normal, dass man noch auf der Suche wäre, da hab ich gesagt, wieso, ich bin doch nicht auf der Suche, ich weiß ganz genau, was ich will.

Da sagt er, ja das dürfte ich mir aber jetzt nicht so einfach vorstellen.

Klar hätte es bei ihm da eben auch gefunkt, aber er wäre schließlich im Schuldienst und der Rektor würde ihm dann bestimmt auch die Hölle heiß machen, wenn das rauskäme.

Da hab ich gesagt, wieso, das Stück ist doch gut, warum soll das dem Rektor denn nicht gefallen, und selbst wenn es nicht so gut wäre, da würde er Sie doch nicht deswegen aus dem Schuldienst entlassen, Sie sind doch Beamter, oder sind Sie gar kein Beamter?

Da hat er mich völlig entnervt angeguckt und gesagt, doch, doch, und jetzt geh zurück in dein Pferd, du Schlafmütze.

Na ja, die sind ja schon ganz schön verrückt, diese Theaterleute, was so in der Realität vor sich geht, das checken die gar nicht.

Bei der allerletzten Vorstellung ging's dann nochmal so richtig rund, da wird ja immer son bisschen Quatsch gemacht untereinander, ohne dass das Publikum was merken soll, das ist ja so Tradition bei uns Theaterleuten.

Ja, der Hauptdarstellerin haben wir dann erstmal ne Handvoll Juckpulver ins Kostüm gestreut, na ja, da dauerte ihre Sterbeszene natürlich schon en bisschen länger.

Nachdem sie sich dann ne gute halbe Stunde auf dem Sterbebett gewunden hatte, hat sie sich dann entschieden, einfach aufzustehen, im Stehen zu sterben und ist danach ganz schnell rausgelaufen, um sich zu duschen.

Für unseren Relilehrer hatten sich die Jungs auch was einfallen lassen, der hatte ja sone kleine Nebenrolle als Jäger in dem Stück, da haben se ihm einfach so Sekundenkleber an das Mundstück von seinem Jagdhorn gemacht, da musste er dann für den Rest des Abends seinen Text durch das Jagdhorn sprechen, das kam natürlich nicht unbedingt so gut an beim Publikum, obwohl unser Musiklehrer fand es klasse, na ja, der steht ja auch auf Free-Jazz.

Der Vorteil für unseren Relilehrer war, dass er bei der Abschlussfeier dann kein Bierglas mehr brauchte. Der hat sich einfach mit dem Trichter von seinem Jagdhorn unter den Zapfhahn gesetzt und dann einfach laufen lassen. Das war schon praktisch.

Für meine Bekannte und mich hatten sich die Jungs auch en kleinen Spaß einfallen lassen, ach nee, die ham ja immer schon mal gerne Spaß die Jungs, houhouhou …

Wir hatten gerade unsere große Szene auf der Bühne als Pferd, da hören wir plötzlich son Getrappel und son schweres Atmen oder Schnaufen, direkt hinter uns.

Da sagt meine Bekannte, halt dich fest, du musst jetzt sehr stark sein, ich glaub, die Jungs haben en Deckhengst besorgt.

Da hab ich gedacht, du meine Güte, was machste denn jetzt, ich war ja ganz klar in der schlechteren Position jetzt im Vergleich zu meiner Bekannten, ich hatte ja quasi die Arschkarte gezogen.

Da hab ich gedacht, o.k., entweder ziehste die Sache durch oder du machst dich ganz schnell vom Acker.

Ich hab mich dann ganz schnell für die zweite Variante entschieden, aber das Tolle war, dass der Deckhengst unsere Rolle eigentlich nahtlos übernommen hat. Das fiel gar nicht auf.

Doch, der hatte richtig Talent, unser Relilehrer war auch ganz begeistert von seinen Fähigkeiten. Der war richtig am Schwärmen.

Ich glaube, er plant jetzt sogar in der nächsten Saison en Einakter, mit dem Hengst in der Hauptrolle.

Aber meine Bekannte und ich, wir finden das o.k., wir finden, man soll jungen, talentierten Kollegen auch mal ne Chance geben.

Nee, aber was sich die Jungs da in diesem Jahr wieder alles haben einfallen lassen, das geht ja echt auf keine Kuhhaut, ach nee, die ham ja immer schon mal gerne Spaß die Jungs, houhouhou ...

## Immer on the road

Immer on the road
Ein Leben in Gefahr
Gestern in Kornwestheim
Morgen in Bad Neuenahr

Immer on the road
Leben wie im Rausch
Drogensucht und Sex
Einmal sogar Partnertausch

Manchmal wünsch ich mir
Dass das aufhört
Denn man weiß ja nie
Wo das noch hinführt

Ich träum von diesem Land
Hinterm Regenbogen
Wo man um halb fünf zu Hause ist
Und am Wochenende frei hat
Ich träum von diesem Land
Hinterm Regenbogen
Wo eine Frau daheim ist
Die man sogar mit Namen kennt

Immer on the road
Ich hab Hendrix noch gekannt

Ich weiß gar nicht, ob Sie's wussten, aber bei diesem Lied singt Inga Rumpf mit!

Er sagte zu mir: Hey Inga
Komm mit mir ins Electric Lady Land

Immer on the road
Und always in Gefahr
Ich will so nicht länger leben
Ich will nicht nach Bad Neuenahr

Denn manchmal ich wünsche mir
Dass das aufhört
Denn man weiß ja nie
Wo das noch hinführt

Ich träum von diesem Land
Hinterm Regenbogen
Wo man um halb fünf zu Hause ist
Und am Wochenende frei hat
Ich träum von diesem Land
Hinterm Regenbogen
Wo ein Typ daheim ist
Den man sogar mit Namen kennt

## Die Finca

En Bekannter von mir hat sich jetzt ne Finca auf Mallorca gekauft, und da is er also voll zufrieden damit.

Er war dieses Jahr noch nicht da, weil er muss ja arbeiten, um die Finca bezahlen zu können. Letztes Jahr hat es auch nicht geklappt, da hat er keinen Flug mehr gekriegt, aber ich glaube, er will nächstes Jahr mal wieder hin. Wahrscheinlich einfach nur mal gucken, ob se überhaupt noch da ist.

Aber es ist ja auch super, wo Europa jetzt so zusammenwächst, dass man da einfach auch mal en bisschen multikulturell lebt, dass man sich da auch mal anderen Kulturkreisen gegenüber öffnet. Gerade er.

Sein Nachbar da unten kommt aus Recklinghausen. Das ist also en Super-Typ. Der hat früher ne Metzgerei gehabt, hat dann geerbt und sich dann auch wohl irgendwie gedacht, wahrscheinlich bei der Arbeit, ne, irgendwann ist das Leben ja auch mal zu Ende, da lass ich mir doch lieber noch en bisschen die Sonne auf den Pelz brennen.

Da hat er dann en Ehevertrag aufgesetzt, hat sich direkt danach scheiden lassen und züchtet jetzt Spanferkel auf Mallorca, aber nur als Hobby.

Ja, mein Bekannter träumt also davon, da mal en eigenen bewaffneten Finca-Wachdienst aufzubauen, seine ist also schon mehrfach ausgeräumt worden, aber da gibt es wohl en paar Probleme mit den spanischen Behörden, die finden das wohl irgendwie nicht so gut.

Aber er sagt, en herrliches Fleckchen Erde. Neulich haben se mal en deutsches Fest gemacht bei ihm in der Siedlung, da hatten se also auch Einheimische eingeladen, is aber keiner gekommen, obwohl die ja eigentlich, glaube ich, sehr begierig darauf sind, die deutsche Kultur mal näher kennen zu lernen. Wahrscheinlich hatten se da alle irgendwie keine Zeit, das gibt's ja schon mal.

Auch mit den ganzen Prominenten da auf Mallorca, sagt er, da bräuchte man doch im Grunde gar kein deutsches Fernsehen mehr, die hat man ja alle live da. Da braucht man ja nur die Tür aufmachen, zack, hat man den Harald Schmidt auf der Matte oder den Hans Meiser oder den Jürgen Trittin, je nachdem, wo man jetzt mehr Lust drauf hat.

Dann kann man sich sone kleine Yacht mieten und immer um die Insel rumfahren, kann man auch zur Abwechslung mal in der entgegengesetzten Richtung machen, obwohl, nee, dann wird's schon eng.

Er sagt, wenn man länger da unten wäre, nehme man automatisch diese typisch mediterrane Mentalität an, da könnte man gar nichts gegen machen, zum Frühstück schon Sangria saufen und den ganzen Tag in der Sonne liegen. Ja, wenn Europa demnächst mal eins ist, dann gehört Deutschland ja auch quasi mit zum mediterranen Kulturkreis, da kann er jetzt schon mal en bisschen üben.

Ich frag, wird das denn auf Dauer da nicht auch en bisschen langweilig, wenn man sich das so vorstellt, ohne Arbeit da irgendwann so für den Rest seines Lebens so abzuhängen? Da sagt er, nee, da gäb's also immer was zu tun, man müsste ja auch erstmal zum Strand hingehen, dann müsste man irgendwie sehen, dass man da en guten Platz kriegt und dann müsste man ja auch irgendwann dann wieder zurückgehen. Also der Tag wäre schon prall ausgefüllt mit Aufgaben. Is klar.

Morgen hat er en Termin bei seiner Bank, wegen der

Umschuldung. Die haben ihn jetzt vor die Alternative gestellt, entweder das Ding wieder zu verkaufen oder es für zehn Jahre an sone Immobilienholding zu vermieten, damit das Darlehen vernünftig getilgt werden kann.

Aber er sagt, hergeben will er's nicht, allein der Gedanke daran, sein Plätzchen da zu haben, würde sein Herz schon in diese mediterrane Stimmung quasi reinmanövrieren, und dann wüsste er wenigstens für die restlichen zehn Arbeitsjahre, wofür er seine verdammten Überstunden kloppt.

# Indien

Ich weiß gar nicht, ob Sie's wussten, aber ich wollte neulich mal was aufschreiben, ich hatte sone prima Idee und da war direkt vor meinem Fenster en Bauarbeiter mit seinem Presslufthammer am Gange. Da bin ich rausgegangen und hab ihn gefragt, wie ich denn bei dem Lärm arbeiten soll. Er hat die Frage aber nicht verstanden. Nee, war zu laut. Da hab ich meine Sachen gepackt, bin in so einen Park gefahren, da fing es direkt an zu regnen. Aber die Idee, die ich im Kopf hatte, war klasse. Jetzt brauchte ich nur noch en ruhiges und trockenes Plätzchen, um se eben aufzuschreiben.

Da hab ich gedacht, die Idee ist wirklich saugut, das isse mir wert, da hab ich mir son kleines Zimmerchen gemietet, nur für ne Stunde, das war praktisch in einem Hotel, da konnte man Zimmer nur für ne Stunde mieten, daher auch, glaube ich, der Name Stundenhotel. Das kannte ich bis jetzt nur vom Hörensagen. Auf jeden Fall war das dann dermaßen laut in den Nachbarzimmern, das hörte sich so an, als wenn da überall Verletzte verarztet würden, komisch, da konnte ich mich gar nicht konzentrieren.

Da hab ich gedacht, o.k., setzte dich in nen Zug, nimmste ein Ticket erster Klasse, da sitzt dann eh keiner, und fährst son bisschen über die Dörfer.

Der Zug stellte sich dann als Intercity heraus, der Non-Stop bis nach Frankfurt fuhr. Der einzige freie Platz war in einem Großraumabteil, Raucher!

Aber die Idee nahm in meinem Kopf immer mehr Gestalt an, die Idee bekam immer mehr Fahrt, jetzt brauchte ich nur noch en ruhiges Plätzchen, wo ich se eben aufschreiben konnte.

Ich bin dann am Frankfurter Flughafen ausgestiegen und hab gedacht, o. k., wo findest du jetzt hier en ruhiges Plätzchen, wo du se eben aufschreiben kannst.

Da bin ich dann mit son paar Arbeitern durch en Seiteneingang in den Frachtbereich gegangen, bin mehrere Kilometer in östliche Richtung gelaufen und hab dann en halboffenen Container gefunden, in dem noch en bisschen Platz war.

Ich wollte gerade anfangen zu schreiben, da wurde die Luke geschlossen und nach zirka zwölf Stunden wieder geöffnet, allerdings dann in Bombay. Zeit zum Aufschreiben hätte ich während des Fluges eigentlich gehabt, aber im Dunkeln war das natürlichen ein bisschen schwierig.

Aber die Idee nahm in meinem Kopf jetzt immer größere Gestalt an, die Gedanken flogen nur so. Ich brauchte nur noch en ruhiges Plätzchen, wo ich se eben aufschreiben konnte.

Da hab ich gedacht, o. k., wo findest du jetzt hier in Bombay en stilles Plätzchen, wo du se eben aufschreiben kannst.

Ich hab dann son Fakir getroffen, der mich freundlicherweise wieder nach Deutschland gebracht hat, auf seinem fliegenden Teppich. Zum Glück hatte ich meine Kreditkarte dabei. Fakire nehmen neuerdings übrigens auch Kreditkarten, das ist ja gut zu wissen.

Na ja, auf jeden Fall zu Hause angekommen, hatte der Bauarbeiter gerade Mittagspause. Da hab ich gedacht, super, jetzt kannst du in aller Ruhe diese saugute Idee zu Papier bringen. Die Idee war mittlerweile schon dermaßen ausgeschmückt, die platzte schon aus allen Nähten.

Das Ganze sollte jetzt in einem Stundenhotel in der

Nähe des Frankfurter Flughafens spielen und ein Schlangenbeschwörer kam auch drin vor.

Ich wollte mir gerade noch en Tässchen Kaffee machen und dann endlich so richtig schön loslegen, da war seine Mittagspause wieder zu Ende, und in meiner Geschichte kam jetzt auch en Bauarbeiter drin vor ...

## Die Kreuzfahrt

Ich hab neulich mal sone Kreuzfahrt mitgemacht und da muss ich sagen, das war total klasse, ich hab mich noch nie so oft übergeben in meinem Leben. Das war wirklich ne ganz tolle Gelegenheit mal abzunehmen, und das auch noch in ner schönen Umgebung. Doch wirklich sehr empfehlenswert, wer da Interesse hat …

Ich hab auch tolle Leute kennen gelernt da auf der Kreuzfahrt, direkt neben mir am Tisch saß son älteres Metzgerpärchen aus Recklinghausen. Immer wenn der Wellengang dann etwas ruhiger wurde und mein Brechreiz nachließ, fing er dann meistens an, mit irgend soner Geschichte aus seiner Zeit als Kopfschlächter, da ging's bei mir natürlich direkt wieder los.

Einmal war mir so schlecht, da hab ich aus dem Stand, mindestens zwei Meter weit …, zum Glück war ich im Freien, wirklich sone Riesenfontaine, direkt in den Swimmingpool.

Aber ich glaube, an dem Tag wollte eh keiner mehr schwimmen gehen, ich hab auf jeden Fall danach keinen mehr im Wasser gesehen.

Das abendliche Unterhaltungsprogramm war auch toll. Der Entertainer hat immer irgendwas über einen Pinguin erzählt, das hab ich aber nicht verstanden, und dann hat er immer noch so Witze über Leute auf Kreuzfahrten gemacht, denen irgendwie übel ist.

Das fand ich, ehrlich gesagt, nicht so gut, Witze auf

Kosten von Leuten, denen es schlecht geht, das kann ich nicht ab, fand ich echt zum Kotzen.

Ich hab auch ne sehr nette Frau kennen gelernt da an Bord, die hatte ähnliche Interessen wie ich. Ihre Hobbies waren: immer nah an der Reling stehen, tiefes Durchatmen und alle zehn Minuten Zähneputzen.

Auch vom Outfit her passten wir gut zusammen. Wir hatten beide son Gummilätzchen und jeweils zwei Plastiktüten an der Gürtelschlaufe. Das sah aus, wie sone Art Partnerlook, echt super.

Beim Landgang in Ägypten hat sie mich dann zu nem original ägyptischen Eisbecher eingeladen, mitten auf dem Bazar in der prallen Sonne, da waren unsere Plastiktüten aber ruck, zuck wieder voll.

Als wir später zurück aufs Schiff kamen, waren die anderen Passagiere richtig neidisch wegen unserer prall gefüllten Tüten, die haben gedacht, wir hätten ganz viele tolle Souvenirs gefunden.

Meine Bekannte hat sich bei der Gelegenheit dann noch son Magen-Darm-Infekt zugelegt, da hat sie dann quasi aus allen Löchern gleichzeitig gepfiffen.

Da musste sie echt drei Tage im Bett bleiben, aber mich dazuzulegen fand ich dann doch en bisschen übertrieben, ich meine, Körperflüssigkeiten austauschen ist ja o. k., aber doch nicht so.

Ich hab nur gedacht, hoffentlich nimmt sie mir das jetzt nicht übel.

Ich hab mir die Zeit solange mit einem anderen Alleinreisenden vertrieben, obwohl ich muss sagen, sie hat mir schon ganz schön gefehlt, da oben an der Reling, und er entpuppte sich nach ner Zeit auch als ausgesprochener Kotzbrocken.

Wir haben uns auch nach dieser tollen Kreuzfahrt noch en paarmal wiedergetroffen, Frau Goebel und ich. Da ist sone richtig nette kleine Freundschaft draus entstanden.

Und wenn wir so in Erinnerungen schwelgen und nochmal so richtig in die Stimmung unseres ersten Kennenlernens da auf dem Kreuzfahrtschiff eintauchen wollen, dann hole ich einfach ne Schale mit drei Monate altem Kartoffelsalat vom Dachboden, der das Wort Kühlschrank nur vom Hörensagen kannte, dann sind wir beide aber ruck, zuck wieder auf dem gleichen Dampfer.

## Copacabana

Es war am Strand von Rio
du hattest auch nicht so viel an
wir trugen beide einen Tanga
ich war von dir gleich angetan

Ich sprach mit dir übers Wetter
du konntest leider nichts verstehn
denn du sprachst nur brasilianisch
das war unschwer zu übersehn

Ich musste gestikulieren
doch auch so verstandst du nicht
du schautest nur verwundert
so als wär ich nicht ganz dicht

Copacabana
Träume werden war
Copacabana
das wird mir langsam klar
Copacabana
das heißt auf Deutsch wohl Glück
Copacabana
ich will nie mehr zurück

Ich zeigte auf die Sonne
und wie schön sie heute schien

YAMAHA

ich strahlte selbst aus allen Löchern
doch du konntest nichts verstehn

Dann kamen deine Brüder
die waren nicht so nett wie du
sie wollten harte Yankee-Dollar
und einer schlug auch sogleich zu

Und als ich erwachte
war mein kleiner Rucksack fort
ich lag da in meinem Tanga
und verfluchte diesen Ort

Copacabana
Alpträume werden war
Copacabana
das wird mit langsam klar
Copacabana
das heißt auf Deutsch wohl Pech
Copacabana
ich will ganz schnell hier wech ...

# Türkei

Ich weiß gar nicht, ob Sie's wussten, aber in der Türkei ist ja alles umsonst.

Also all inclusive. Ja gut, in der ganzen Türkei weiß ich jetzt nicht, auf jeden Fall hier in der Anlage. Und das muss man natürlich ausnutzen.

Ich hab mir z. B. heute mal fünf Liegen reserviert. Alles umsonst.

Da bin ich heute Morgen ganz früh aufgestanden, hatte mir den Wecker auf halb fünf gestellt und hab dann einfach son paar Kleidungsstücke von mir auf den Liegen verteilt.

Handtuch, ein Paar Socken, Unterhose von der Anreise, die brauchte eh mal en bisschen Luft …

Jetzt werden Sie natürlich fragen, ja, was will der Mann mit fünf Liegen, man kann doch eh immer nur auf einer gleichzeitig liegen.

Tja, aber darum geht's doch gar nicht. Ich könnte aber, wenn ich wollte.

Ich könnte jederzeit aufstehen und mich entscheiden, och, jetzt lege ich mich mal da vorne hin.

Das ist doch der Luxus bei all inclusive. Ich kann, muss aber nicht.

Das ist wie bei den Hollywoodstars. Die haben auch alle fünf Yachten, können aber auch immer nur eine fahren.

Gut, außer David Copperfield, der kann wahrscheinlich zwei gleichzeitig fahren, aber normalerweise …

Vielleicht promeniere ich ja gleich mal da vorne am Pool her und sage, och, jetzt lass ich mich aber mal hier auf meiner anderen Liege nieder.

Das ist wie sone Art Landsitz, den man mal besucht.

Oder wenn es einem zu blöd wird, also von der Gesellschaft her so um einen rum, dann sagt man, so, das hab ich doch nicht nötig, pöh, ich reise ab, ich hab da vorne noch ne andere Liege.

Tja, da kommt man ganz schön rum am Tag und sieht ne ganze Menge von Land und Leuten.

Oder man sagt, ach, jetzt bin ich auf der einen Seite schon so braun, auf der anderen noch ganz weiß, da lege ich mich doch einfach mal auf meine Zweitliege oder Drittliege, je nachdem, welche jetzt vom Winkel her besser zur Sonne steht.

Das sollte man natürlich im Vorfeld schon ausgemessen haben.

Winkelmesser hab ich im Urlaub immer dabei.

Da werden Sie sagen, gut, die Liege kann man doch auch einfach umdrehen.

Aber ich bin doch hier im Urlaub, ich will doch nicht den ganzen Tag aufstehen und meine Liege umdrehen.

Ich will mich doch auch mal entspannen, das ist doch mein gutes Recht im Urlaub.

Wo kommen wir denn da hin. Die Sonne macht ja eh schon, was sie will. Wandert den ganzen Tag so hektisch am Himmel rum, mal scheint sie von hier, mal von da, da wird man ja rammdösig.

Da ist es doch schön, wenn man wenigstens mal fünf Liegen hat, auf die man sich verlassen kann.

## Roma

Ich weiß gar nicht, ob Sie's wussten, aber ich hab neulich mal ne Bekannte von mir besucht in Rom, nee, weil die arbeitet da als Dozentin an der Uni, für Mode-Design.

Da sagt sie, ja ich bräuchte erstmal unbedingt neue Klamotten, gerade jetzt hier in Italien, da hab ich gedacht, o.k., hat se vielleicht nicht ganz unrecht, ich hab ja doch immer eher so die gleichen Klamotten an.

Nee, weiß ich auch nicht, das ist immer so schön übersichtlich, da weiß ich immer direkt, wenn ich meine Klamotten da irgendwo auf'm Foto oder im Spiegel sehe: das bin jetzt höchstwahrscheinlich ich da drin. Das ist ganz praktisch.

Da sind wir dann losgegangen und haben erstmal en paar Schuhe für mich gekauft. Der linke ist en bisschen zu eng geraten, aber wenn man se nur im Sitzen trägt, kein Problem. Neulich hatte ich sie mal auf ner Party an. Da hab ich dann statt dem linken einfach ne dicke Socke übergezogen und gesagt, ich hätte en Bänderriß. Allerdings haben sich dann doch einige gewundert, wie gut ich damit tanzen konnte. Na ja.

Die Hose, die wir dann in so'm In-Laden gekauft haben, ist topmodisch, hat nur den einen Nachteil, dass se beim Sitzen pikt, vor allem in den Kniekehlen, beim Stehen geht's. Die ziehe ich jetzt immer an, wenn ich irgendwo länger stehen muss, z. B. im Aldi oder in der Post. Das hat sich schon total rentiert, da schont man ja auch dann die anderen Hosen. Die wäre auch damals in der DDR en echter Renner gewesen.

Bei dem Jacket gibt's gar nichts auszusetzen. Das ist von vorne bis hinten toll.

O. k., die Ärmel könnten en bisschen länger sein und in den Schultern könnte man auch en bisschen mehr Beinfreiheit vertragen, aber als Zwangsjacke, wenn man mal ausflippt, warum nicht.

Bei dem Hut hab ich gedacht, o. k., den gleichen Fehler wie bei dem Jacket machst du jetzt nicht nochmal, da hab ich ihn direkt zwei Nummern größer genommen, aber ich meine, da kann man ja auch noch reinwachsen, das ist ja kein Problem. Der hängt jetzt meistens so in Augenhöhe, aber wenn man den Kopf son bisschen in den Nacken legt, geht's eigentlich. Dann haben wir erstmal was gegessen, so einkaufen macht ja doch hungrig, ich hatte tierischen Schmacht. Ich hab dann sone Pizza Grande bestellt, die war dann für zwölf Personen. Den Rest hab ich mir einpacken lassen und mit nach Deutschland genommen. Die biete ich jetzt gerne immer noch im Bekanntenkreis so klein gebröckelt als Pizza-Käse-Kräcker an.

Auf der Rückreise im Flugzeug wollte ich mir mal so richtig was Tolles gönnen und hab mir gleich ne ganze Flasche Sekt bestellt, war aber dann doch nur son Piccolo. Und als mir die Stewardess dann auch noch sone Minischokolade und son Tütchen mit drei Gummibärchen drin gegeben hat, wurde mir ganz schummerig, ich hatte urplötzlich die Vision, ich wäre Gulliver aus »Gulliver's Reisen«, die ganze Welt läge mir zu Füßen, ich wäre so groß, dass ich sogar über Wolken schauen konnte, diese Vision war komischerweise unglaublich real.

Zum Glück hatte ich meine Zwangsjacke ja schon an und das Piken in den Kniekehlen hat mich dann aber doch Gott sei Dank ganz schnell wieder auf den Boden der Tatsachen zurückgeholt.

## Hülsenfrüchte

Guten Morgen
hast du gut geschlafen heut nacht
oder bist du
etwa wieder aufgewacht?
Du sagst ja denn
ich habe einen Riesenknall gehört
und der hat mich
in meiner Nachtruhe gestört.

Das war'n die Hülsenfrüchte
heut nacht
die haben dich
um den Verstand gebracht.
Doch so lange die Bettdecke noch bebt
weiß man doch
dass der andere noch lebt.

Es waren die Hülsenfrüchte
heut nacht
sie haben dich
um den Verstand gebracht.
Doch ich hoffe
dass wir uns immer gut versteh'n
auch wenn die stärksten Winde zwischen uns weh'n.

Das war'n doch nur die Hülsenfrüchte

heut nacht
sie haben dich
um den letzten Rest Verstand gebracht.
Doch tröste dich
irgendwann in hoffentlich noch vielen schönen Jahren
lasse ich mit Sicherheit
den allerletzten fahren …

## Das Riesending

Ja, ich weiß gar nicht, ob Sie's wussten, aber ich hab ja en Riesending, also so ein Hammerteil, unglaublich, das ist so was von groß. Als meine Freundin das Ding zum ersten Mal gesehen hat, da ist die in Ohnmacht gefallen, die hat noch gesagt, so ein Riesenteil hast du, Wahnsinn, hörma, das ist ja so was von groß.

Aber ich meine, es ist wirklich unheimlich groß. Und ich zeig's auch gerne, es ist echt mein ganzer Stolz. Steht dann da so, ich könnte das Ding stundenlang angucken. Es ist einfach unheimlich lang und breit.

O. k., stinkt en bisschen, müsste auch vielleicht mal wieder gewaschen werden, aber ist doch klar, bei sonem zwanzig Jahre alten Wohnmobil ohne Katalysator.

Aber echt en Riesenteil.

Übrigens unsere Nachbarn, die direkt über uns wohnen, die machen's von morgens bis abends, die sind nur am Gange, dreimal am Tag, mindestens, aber jeden Tag, dreihundertfünfundsechzig Tage im Jahr.

Das ist echt wahnsinnig. Aber die machen's ja auch überall, im Restaurant, auf der Toilette, auf der Arbeit, einmal sogar im Flugzeug.

Also, ich persönlich mache es nur einmal die Woche, gut wenn's hochkommt vielleicht zweimal, aber so oft wie die, das kann doch nicht mehr gesund sein, obwohl mein Zahnarzt sagt auch, zweimal am Tag Zähneputzen wäre Minimum.

Aber so oft wie die, da kriegt man doch irgendwann auch Zahnfleischbluten.

Hier, und meine Freundin, die hat Teile, unglaublich, die sind so prall und fest die Dinger, ich muss se einfach immer wieder anfassen, als se mir die gezeigt hat, musste ich se sofort anpacken, echt, das ist so, als wenn die sprechen könnten und immer wieder zu einem sagen würden, »ej, pack mich endlich an«.

Die sind aber auch prall und fest, die Dinger, Junge, Junge, prall und fest, also nicht nur prall, sondern auch fest, also beides gleichzeitig. Wahnsinn!

Am liebsten geht meine Freundin mit den Dingern an den Sack, aber ich meine, warum sollen Frauen nicht auch mal mit Boxhandschuhen trainieren.

Oder meine Schwester, die kriegt einfach keinen, die kann machen, was sie will. Andere Mädchen, die haben jedes Jahr en Neuen, und sie läuft halbnackt durch die Fußgängerzone und kriegt einfach keinen Schnupfen.

Hier, oder unsere Nachbarin von unten, am Sonntag ist die fünf Mal gekommen. Fünf Mal!

Ich hab zu meiner Freundin gesagt, wenn die jetzt noch en sechstes Mal kommt, stell die Klingel ab, wir haben kein Mehl, wir haben keine Butter, wir haben keine Eier.

Und sag ihr das ganz klar.

Weil wenn ich eins wirklich hasse, dann ist es, wenn man sich unklar ausdrückt.

# Das Ei

Ja, ich weiß gar nicht, ob Sie's wussten, aber ich war neulich mal son bisschen in Spanien, eigentlich nur so zum Kurzurlaub machen, da sag ich zu dem Kellner, der mir morgens das Frühstück immer gebracht hat, dass ich mein Ei gern abgeschreckt hätte, sonst bliebe beim Pellen immer die Hälfte vom Ei an der Schale hängen, da könnte ich das Ei ja auch direkt viereckig ausschneiden, das wäre zumindest nicht son Gefuddel hier.

Da hat er mir dann en viereckig ausgeschnittenes Ei gebracht, also eigentlich nur das Gelbe, aber dann in viereckig.

Da hab ich gesagt, nein, er soll das Ei abschrecken, so »waaah« – abschrecken, Angst machen, Blut, Vampir, erschrecken, erstarren, mit Kälte, brrrh, kalt, das Gegenteil von Sonne.

Da sagt er, ja, das Wetter würde schon wieder besser. Da sag ich, nein, ich meine kalt, cool, nicht nur heiß, heiß am Anfang und dann kalt, wie bei der Kneippkur, Pfarrer Kneipp, aber den kannte er, glaube ich, nicht.

Ich sag, ihr seid heißblütige Südländer, wir sind eher etwas kühler aus em Norden, aber die Mischung macht's halt, nee, obwohl das ist jetzt auch nicht so einleuchtend.

Ich sag, er muss sich das so vorstellen, wenn seine Tochter jetzt nach Hause kommen würde und sagen würde: Papa, ich bin schwanger von einem Antonio, aber der war nur auf der Durchreise und ich hab auch gar keine

Adresse von dem, da würde ihm mit Sicherheit erstmal ziemlich heiß. Ich glaube, das hatte er schon mal verstanden, da hat er erstmal sein Tablett auf dem Tisch abgestellt und mich sehr konzentriert angeguckt, wahrscheinlich voller Spannung, wie's jetzt weitergeht.

Da hab ich gesagt, ja und irgendwann hätte sich seine Hitze dann auch sicher wieder abgekühlt, auch wenn dieser Antonio sich nicht mehr hätte blicken lassen, allerdings wäre es viel schneller gegangen, wenn er dageblieben wäre und zu dem Kind gestanden hätte. Das wäre besser gewesen für ihn, genau wie für das Ei.

Da hat er seine Tochter aus der Küche geholt, so mit der Hand im Nacken und hat sie zur Rede gestellt.

Da hab ich gesagt, nein, jetzt nicht wirklich, das war ja nur en Beispiel, da bin ich mit beiden in die Küche gegangen, hab uns en paar Eier gekocht, se hinterher kalt abgeschreckt und ihm beim Pellen dann gezeigt, was ich meine. Er hat mir dann den Job gegeben, als Eierkocher, ich bin jetzt seit drei Jahren da unten, er nennt mich Antonio und fragt immer, wann das Kind denn jetzt endlich kommt.

# Die Bankkarte

Einem Nachbarn von mir ist neulich ne ganz unangenehme Sache passiert. Da stand er vor mir an der Kasse im Supermarkt und seine EC-Karte funktionierte nicht.

Da hat die Kassiererin se so am Ärmel abgewischt und se nochmal durch ihren Leseschlitz gezogen, aber war nichts zu machen, da stand schon wieder: Zahlung nicht möglich!

Da hab ich auch gedacht, das kann nicht sein, der Herr Nowak, mein Nachbar, ist doch nicht pleite bzw. ein Scheckkartenbetrüger, das muss an der Karte liegen.

Und da gibt's eigentlich nur zwei Möglichkeiten: entweder die Karte ist kaputt oder er hat sein Konto maßlos überzogen und versucht es halt jetzt einfach nochmal und hofft, dass ihm keiner auf die Schliche kommt bei seinem Vorhaben.

Aber das kann nicht sein, das muss an der Karte liegen. Der ist doch nicht heimlich pleite.

Ich meine gut, er hat sich ne ganze Menge geleistet im letzten Jahr, ich hab das ja jeden Tag beobachtet von meinem Fenster aus, als es im Sommer so heiß war. Da hat er sich doch glatt so ein weißes Partyzelt gekauft für neunundsechzigfünfundneunzig, damit er bei sich wenigstens en bisschen Schatten hatte, aber hätte es da nicht auch ne Schirmmütze getan?

Da muss man sich auch nicht wundern, wenn dann eines Tages vielleicht mal ne Mahnung von der Bank ins

Haus flattert, die ist vom Ton noch recht freundlich gehalten, aber wenn man der Zahlungsaufforderung dann innerhalb von zwei Wochen immer noch nicht nachkommt, dann ist man ganz schnell in der Situation, wie der feine Herr hier vor mir an der Kasse.

Aber das kann nicht sein, das muss an der Karte liegen. Wirklich, das muss …

Da wurde er schon so langsam nervös und hat auch ziemlich verzweifelt in seinen Taschen nach Bargeld gekramt, aber hatte bei weitem nicht genug dabei, also bei weiten nicht.

Gut, ich weiß jetzt auch nicht, warum es bei ihm da jetzt unbedingt der teure Mumm-Sekt sein musste, ich meine, ne Flasche Kellergeister tut es doch auch. Und dann das Mett-Entchen in der Gourmetausführung, bei seinem Gewicht, tja, muss er selber wissen.

Auf jeden Fall war da noch ne Riesendiskrepanz zwischen der geforderten Summe auf dem Kassendisplay und dem kümmerlichen Betrag in seiner mittlerweile zitterigen Hand.

Aber ich hab auch gedacht, das kann nicht sein, das muss an der Karte liegen.

O.k., man muss es nicht unbedingt sehen, wenn jemand auf großem Fuß lebt, man kann sein Geld auch heimlich verpulvern, z.B. im Puff oder im Spielcasino. Ja, und dann ist die schöne Scheinwelt irgendwann verpufft, dann stürzt das wackelige Kartenhaus in sich zusammen.

Seiner Tochter liest er auch jeden Wunsch von den Augen ab. Zum bestandenen Abitur im letzten Jahr hat er ihr doch glatt sein altes tschechisches Miniklapprad geschenkt. Und seine Frau lässt er sogar einmal im Jahr im Nagelstudio verwöhnen. Da muss man sich auch nicht wundern …

Mittlerweile tropfte der Schweiß von seiner Oberlippe aufs Fließband, einige in unserer Schlange waren schon

am Hüsteln und da konnte ich es nicht länger mit ansehen.

Da hab ich mich umgeschaut und die anderen fünfzehn in unserer Reihe haben genauso gedacht wie ich. Da haben wir uns alle zusammengetan und ihm geholfen, alles was er aufs Fliessband gepackt hatte, wieder in die Regale zurückzustellen.

## Die Socke

Ich weiß gar nicht, ob Sie's wussten, aber ich hatte neulich mal ne Socke im Hosenbein. Ja, die hatte ich wohl morgens übersehen beim Anziehen, und zack, hatte se es sich bei mir in der Kniekehle gemütlich gemacht.

Ich hab noch beim Frühstück zu meiner Bekannten gesagt, Mensch, irgendwie ist mein linkes Knie aber heute dicker als das rechte. War auch son leichtes Druck- bzw. Spannungsgefühl im Bereich der Kniekehle zu spüren. Da hab ich noch gedacht, wenn das morgen nicht besser ist, dann geh ich aber mal zum Orthopäden, zum Dr. Pillemann.

Nach dem Frühstück bin ich dann was einkaufen gefahren in den Supermarkt und bemerkte auf einmal, dass sich das Druckgefühl jetzt anscheinend ganz langsam in den Wadenbereich verlagert hatte. Da hab ich überlegt, mhh, vielleicht Muskelkater, aber wovon, vom Gar-nichts-Tun?

Da hab ich mir sofort vorgenommen, endlich mal wieder meine Yogaübungen zu machen.

Hab ich dann auch sofort, als ich wieder zu Hause war, mittlerweile war das Spannungsgefühl irgendwie in den Knöchelbereich abgerutscht.

Da hab ich noch gedacht, das kann ja spannend werden für Dr. Pillemann, ein Spannungsgefühl auf Reisen.

Zum Aufwärmen beim Yoga hab ich dann erstmal den guten alten Kopfstand gemacht und siehe da, das Druckgefühl am Knöchel hat sich sofort aufgelöst.

Ist schon toll, dieses Yoga, vielleicht weil sich das Kopfchakra geöffnet hatte, das ist ja dieses esoterische Energiezentrum da am Kopf, nee, ich sag's nur, weil es ist ja für viele heutzutage noch völlig unbekannt, dass da im Kopfbereich überhaupt irgendwas mit Energie existiert.

Nee, wahrscheinlich hatte sich mein Kopfchakra da geöffnet und durch die Verbindung jetzt zum genau entgegengesetzten Ende des Körpers, also zum Knöchel-Fuß-Bereich – nee, die Gegensätze, Yin und Yang, wie unten so oben, sagt man ja –, war da unten dann auch irgendwie jeder Widerstand zwecklos geworden.

Wahrscheinlich hatte sich dort unten im Knöchel-Fuß-Bereich bei mir nur der unbewusste Wunsch manifestiert, meinem Nachbarn, diesem Vollidioten, einfach mal volles Rohr mit Picke in den Arsch zu treten. Son kleinkariertes Arschloch.

Als ich mich dann quasi aus dem Kopfstand wieder in den Schneidersitz gesetzt habe, war das Druckgefühl aber auf einmal doch wieder da, allerdings jetzt im Gesäßbereich.

Da hab ich gedacht, mhh, Verdauung ist doch eigentlich o. k., vielleicht ne Blähung. Aber auch dafür gibt's ja ne ganz tolle Yogaübung, die hab ich dann sofort gemacht.

Und zwar geht man da auf alle viere, senkt Kopf und Oberkörper fast bis auf den Boden und streckt das Gesäß ganz hoch in die Luft und drückt den Bauch immer rein und raus.

In dem Moment kommt meine Bekannte mit dem Wäschekorb unter dem Arm ins Zimmer und fragt, ob ich irgendwo meine zweite Socke gesehen hätte, sie wollte gerade ne Waschmaschine vollmachen.

Da fiel es mir wie Schuppen von den Augen. Das war diese verdammte Socke gewesen, die mir das Leben so zur Hölle gemacht hatte. Puh, da war ich aber echt froh, dass ich endlich Klarheit gewonnen hatte.

Und vor lauter Erleichterung hat sich dann auch noch mit einem ohrenbetäubenden Donnergeräusch mein Furzelchakra, dieses Energiezentrum am unteren Ende des Steißbeins, geöffnet …

# Das Handy

Ja, en Bekannter von mir ist Frührentner, der hat sich jetzt en Handy gekauft. Da hab ich auch gefragt, wofür brauchst du denn jetzt en Handy? Da sagt er, ja, er müsste jederzeit erreichbar sein.

Da frag ich, wofür musst du denn erreichbar sein? Deine Rente wird doch automatisch überwiesen, da braucht dir doch keiner Bescheid zu sagen, dass sie jetzt da ist, oder?

Da sagt er, ja, es könnte ja auch mal was anderes sein. Da frag ich, was denn, dass einer von deinen Kollegen Bescheid sagt, wo es heute ein Sonderangebot gibt?

Außerdem sollen die Dinger ja ganz schön ungesund sein, die sollen ja das Gehirn erwärmen, da kannst du deinen Kopf auch direkt in die Mikrowelle halten.

Oder wenn dein Essen auf Rädern mal wieder zu kalt ist, da legst du einfach dein Handy daneben, zack, isses wieder am Dampfen. Und wenn der Kaffee lauwarm ist, da hängste einfach dein Handy rein. Wenn du ne Pfanne draufstellst, kannst du vielleicht sogar en Spiegelei drauf braten. Ich weiß nicht, ob man mit den Dingern auch bügeln kann, vielleicht kann du es nutzen als Reisebügeleisen.

Wahrscheinlich wird man von som Handy auch braun, wenn man's sich direkt vors Gesicht hält, da brauchst du gar nicht mehr in Urlaub fahren.

Oder im Winter läßt du das Handy an, sparst du Heizkosten. Da schaltest du deine Kamin-Attrappe ein, legst das Handy daneben und dann setzt du dich mit deinen Kollegen da so drum rum, und dann erzählt ihr euch Geschichten aus den Zeiten, als es noch keine schnurlosen Telefone gab.

Da fällt mir ein, dass ich vergessen hatte, den Tisch für heute Abend zu bestellen, weit und breit keine Telefonzelle in Sicht, ich sah schon den sauren Gesichtsausdruck von meiner Bekannten vor mir, wenn ich ihr erzählte, dass ich's mal wieder vergessen hab.

Da hab ich gesagt, Mensch, zeig doch mal her das Dingen, das sieht ja eigentlich ganz griffig aus. Und wenn man hier jetzt so die Nummer von diesem italienischen Restaurant eintippt, dann melden die sich da? Das glaub ich nicht. Komm, lass mal ausprobieren ...

## Willst du mit mir schlafen?

Hunde haben keine Flügel
Der Maulwurf kann den Baum nicht sehn
Hühner haben keine Hände
Oh nur du kannst mich verstehn

Socken haben keine Ohren
Und Taschenlampen selten Abitur
Autoreifen gehen nie ins Kino
Doch wirklich verstehen kannst du mich nur

Was ich damit sagen will
Ist mir selbst nicht so ganz klar
Vielleicht ist's auch nur die Ahnung einer Frage
Die dir zu stellen ich mir selbst nicht eingestehen kann
Oder so

Igel haben keine Haare
Und Möhren gehen selten in Konkurs
Aschenbecher leben sehr gefährlich
Doch wirklich verstehen kannst du mich nur

Was ich damit sagen will
Ist mir immer noch nicht klar
Vielleicht verschiebe ich es auch
lieber mal auf morgen
Obwohl jetzt bist du schon mal hier

Und jetzt fass ich mir ein Herz
Mmh

Willst du mit mir schlafen
Und wenn nicht
Ist's auch gar nicht so schlimm
Du kannst ja auch einfach hier nur so übernachten
Irgendwie kriegen wir das schon hin

Ich kann dir ja auch noch
ne Gute-Nacht-Geschichte erzählen
Von diesem Land wo alles erlaubt ist
Wo man sich nackt und hemmungslos
auf einer Wiese wälzen kann
Und wenn einer vorbeikommt, peh, na und!

Willst du mit mir schlafen
Du sagst ja? Also so richtig … mmh
Oh da bin ich aber jetzt etwas überrumpelt
Irgendwie geht mir das zu schnell

Mensch, du gehst aber ganz schön ran …
Wenn ich das gewusst hätte,
Mein lieber Herr Gesangsverein …

Wahnsinn, Hunde können plötzlich fliegen
Und Taschenlampen feiern Abitur
Socken kriegen große rote Ohren
Doch wirklich verstehen kannst du mich nur

## Der Geschlechtsverkehr

Ich weiß gar nicht, ob Sie's wussten, aber ich hab ja neulich mal wieder mit meiner Freundin geschlafen und das war echt total schön.

Wirklich total schön.

Nee, wir haben uns beide so ausgezogen und hingelegt, das heißt, sie hat sich aufs Bett gelegt, ich auch, obwohl von mir hat sich eigentlich nur en Teil von mir hingelegt. En relativ großer Teil von mir ist stehen geblieben. Ja, lassen wir das jetzt. Eigenlob stinkt.

Nee, aber wirklich, das war total schön.

Wir haben uns so gestreichelt, sie hat auch son bisschen schneller geatmet. Irgendwann sagt sie dann so laut, Ahhh, Rüüüdiger, ich sag, wat is los, was brüllst du so, ich bin doch hier, hinter dir.

Nee, wirklich, das war total schön.

Da hab ich dann so ihr Bein gestreichelt und da muss ich sagen, das ist wirklich ein Top-Bein, also wirklich, für ihr Alter, alle Achtung, Hut ab, wirklich ein Top-Bein, richtig schön durchtrainiert.

Gut, ziemlich behaart eigentlich ...

Plötzlich stell ich fest, war gar nicht ihr Bein, war meins.

Na ja, aber wirklich ein Top-Bein, echt.

Ach nee, das war wirklich total schön.

Wir sind auch ganz schön ins Schwitzen gekommen dabei, da haben wir dann mal ne kleine Pause gemacht, also sie ist einkaufen gefahren und ich hab den Wagen gewaschen, ja und dann ging's halt weiter.

Und das war wirklich total schön, wir haben uns richtig viel Zeit gelassen, so mit allem Pipapo.

Irgendwann fängt sie dann so an zu hecheln, ich frag, wat is los, soll ich en Arzt holen oder was?

Da sagt sie, nein, guck dich doch mal selber an, du bist doch auch schon so am Röcheln, ganz puterrot im Gesicht.

Ich sag, ja, jetzt merke ich das auch, hörma, dat is aber bei mir gerade son Gefühl, als wenn ich gleich niessen müsste, aber mehr so unten rum.

Da sagt sie, ja, bei ihr wäre das mehr son Gefühl, wie son lauer Sommerwind, wie son Seidenschal, der da so im Sommerwind irgendwie ..., wie sone Spieluhr, auf der sone Porzellan-Ballerina steht, die sich zu »Für Elise« so mit angewinkeltem Bein dreht.

Ich frag, was ist los? Dat is wie sone Herde Mustangs, die hier volles Rohr durch die Prärie am Traben sind, wie sone Apollo-Rakete, die hier volles Rohr in die Sonne am Reinbrettern ist.

Da sagt sie, ja, genau, das ist wie son einzelner Sonnenstrahl, der mich an som Frühlingsmorgen ganz sanft ..., wie son frisch geschlüpftes Küken, was mich mit seinem Flaum so überall an der Haut ...

Ich frag, was is los, du Pflaume? Dat is wie en WM-Boxkampf zwischen Muhammed Ali und George Foreman 1974 in Zaire, als alle gedacht haben, den Titel, den holt der Ali sich nie wieder zurück. Tja, und dann, auf einmal, in der achten Runde haut der dem Foreman voll in die Fresse, der fliegt hin, sieht Sternchen, wird ausgezählt und Feierabend.

Da sagt sie, och nee, noch nicht Feierabend. Gibt's beim Boxen denn keine Verlängerung?

Da hab ich gesagt, nee, eigentlich nicht.

Da sagt sie, ach nee, das wäre aber jetzt son Gefühl, als wenn ihr gerade der Bus vor der Nase weggefahren wäre.

Da hab ich gesagt, tja, dann muss man halt mal zu Fuß gehen.

## Das Marmeladenglas

Ich hab jetzt ne neue Bekannte kennen gelernt und dieses Mal bin ich mir sicher, die isses. Doch, da bin ich mir ganz sicher. Ich hab auch direkt zu ihr gesagt, ich sage, ich liebe dich so wie du bist, mit allem Pipapo, mit all deinen Ecken und Kanten, ja, und auch mit deinen Rundungen, ne wirklich, also so was ist mir bis jetzt ja noch gar nicht untergekommen, so was wie du, also wirklich.

Nee, ich finde es auch wichtig, dass man jemanden so annimmt wie er ist. Das größte Problem in Beziehungen ist doch meistens, dass man den anderen immer verändern will, dass man ihn nicht so akzeptieren kann, wie er eigentlich ist, mit all seinen Schwächen und Unzulänglichkeiten, auch mit all seiner Hässlichkeit und seinen widerwärtigen Eigenschaften, z.B. hab ich bei ihr festgestellt, dass das Marmeladenglas, nachdem sie es benutzt hat, immer komplett verklebt und siffig ist, und sich in der Marmelade sogar meistens auch noch Butterspuren befinden. Manchmal sogar Senf oder Nutella. Buah. Da kommt's mir hoch. Aber da bin ich tolerant.

Ich hab ihr son Bereich am Frühstückstisch abgeklebt, da kann sie tun und lassen, was sie will. Ich hab da sone abwaschbare Plastikfolie angebracht, auch unter ihrem Stuhl, da kann sie tun und lassen, was sie will, da kann sie sich einsauen, von mir aus bis zur Unkenntlichkeit, da bin ich tolerant.

Ich meine, das ist doch immer ein Geben und ein Neh-

men in einer Beziehung. Sie nimmt sich die Marmelade mit den Fingern und ich gebe ihr den Wischmob in die Hand.

Wo ich gerade von Wischmob rede, auch ihre Frisur, da würde ich mich nie einmischen, das geht mich überhaupt nichts an. Ich meine, wenn man eh schon en etwas breiteres Gesicht hat wie sie, dann muss man selber entscheiden, ob ne Ponyfrisur da das Richtige ist oder ob man da nicht eher aussieht wie en Breitmaulfrosch. Das überlasse ich ganz alleine ihr. Aber ne kleine Anspielung wird doch wohl noch erlaubt sein, quak quak, quak quak, quak quak ...

Wichtig ist doch auch, dass man Kritik vertragen kann und auch mal annehmen kann. Für mich ist das überhaupt kein Problem. Wenn mir früher jemand gesagt hätte, hörma, du schnarchst die ganze Nacht, wie sone verdammte Kreissäge, da wäre ich total ausgeflippt.

Heute lächel ich sie einfach nur an und sage, peh, glaub ich nicht. Und wenn sie dann immer noch nicht locker lässt, dann schenk ich ihr einfach en paar Ohrstöpsel, da gibt's heute schon ganz tolle Sachen aus Silikon.

Wo ich gerade von Silikon rede, auch ihr Busen, da würde ich mich nie einmischen, das geht mich doch überhaupt nichts an, das ist doch ihr Busen und nicht meiner, ich bin doch nicht wahnsinnig, ich bin doch kein Busenfetischist, o. k., vielleicht son bisschen, aber ...

Da würde ich mich nie einmischen. Da tröste ich sie lieber immer und sage, tja, wo nichts ist, da kann auch im Alter nichts hängen.

Da bin ich tolerant.

Mit demselben Argument tröstet sie mich übrigens auch immer. Da ist sie tolerant.

## Norbert – oder: Mein Leben als Frau

Ich weiß gar nicht, ob Sie's wussten, aber ich bin total glücklich mit meinem Leben. Obwohl, so richtig glücklich bin ich eigentlich erst geworden, als ich meinen Mann kennen gelernt habe, den Norbert.

Wir haben so viel Spaß miteinander, das kann man sich gar nicht vorstellen.

Zum Beispiel samstags, da kommt er meistens spätnachts nach Hause, entweder klingelt er dann, weil er den Schlüssel verloren hat oder es kracht kurz, weil er direkt die Tür eingetreten hat.

Dann kommt er ins Schlafzimmer, sieht mich, und geht direkt wieder raus.

Aber er geht nicht wieder zurück zu seinen Freunden in die Kneipe, das weiß ich ganz genau, denn kurz danach sind aus dem Badezimmer immer seine mir schon sehr vertrauten Würgegeräusche zu vernehmen. Süß.

Und irgendwann kommt mein Prinz dann doch zu mir ins Schlafzimmer unter die Bettdecke, ich kuschel mich zärtlich an ihn ran und er starrt mich meistens einfach nur an, mit seinen glasigen Augen.

Einmal haben wir uns stundenlang so in die Augen geschaut, bis ich plötzlich festgestellt habe, dass er schon längst mit offenen Augen eingeschlafen war.

Oft nimmt er aber auch einfach meinen Kopf, schiebt ihn unter die Bettdecke, hält ihn fest, und lässt, ja wie soll ich's sagen, ja, einen fahren.

Und dann wird mir auf einmal ganz anders, das kann man gar nicht beschreiben, das müssen Sie erlebt haben.

Ach, mein Norbert ist so ein humorvoller Mensch, er hat so viel Humor.

Neulich saß er mal wieder mit seinen Freunden im Wohnzimmer und hat Fußball geguckt, da hab ich den Jungs was zu trinken geholt, is ja normal. Die haben ja immer einen Riesendurst.

Und wie ich da so mit den beiden Bierkästen und den beiden Flaschen Frühstückskorn unterm Arm die Treppe hochkomme, da hat mir doch der Norbert auf die oberste Treppenstufe einfach Schmierseife geschmiert.

Im hohen Bogen purzelte ich die Kellertreppe wieder hinunter und konnte noch sehen, wie Norbert und seine Freunde in schallendes Gelächter ausbrachen, bevor ich ins Koma fiel.

Aber mein Norbert ist auch so ein zärtlicher und fürsorglicher Mensch. Als ich die sechs Monate in dieser Spezialklinik lag, mit all meinen Trümmerbrüchen und diesen tausend Schrauben in meinem Körper, da hat sich doch dieser wundervolle Mann sofort acht Wochen freigenommen und zu mir gesagt: Ilse, ich werde jetzt nicht mit meinen täglichen Besuchen deinen wichtigen Heilprozess stören, nein, ich lasse dich in Ruhe und fliege morgen früh mit Horst und Rudi nach Bangkok, da woll'n wir uns von dem Schock erholen, den wir alle drei bei deinem Unfall erlitten haben.

Der Schreck, der steckt uns noch so in den Knochen, den müssen wir uns jetzt unbedingt erstmal rausmassieren lassen.

Mein Norbert ist ja auch so tierlieb, denn als er aus Bangkok zurückkam, hatte er sogar eine kleine Überraschung mitgebracht. Als er abends den Schlüpfer auszog, da sagte er, darf ich vorstellen, das sind Phtirius Pubis und seine Freunde.

Ein munteres Treiben sah ich dort, wie diese schelmischen Racker da herumtollten, diese verrückte Rasselbande, ich habe sie auch gleich in mein Herz geschlossen.

Später habe ich mal im Lexikon nachgeschaut, was denn Phtirius Pubis eigentlich bedeutet. Es heißt auf Deutsch wohl soviel wie, ja ehm, Sackläuse. Die kennt der eine oder andere von Ihnen ja sicherlich auch.

Aber ich warne Sie, meine Damen, ich kann auch sehr eifersüchtig sein, deswegen rate ich Ihnen in aller Eindringlichkeit, Finger weg von meinem Norbert!

## Mach es!

Mach es, wenn du meinst, dass du's machen musst, dann mach es.

Nimm auf mich keine Rücksicht, ich komm schon zurecht, ich bin immer zurechtgekommen, ich werde auch in Zukunft zurechtkommen.

Du hast deine Entscheidung getroffen, bitte schön, dann mach es auch. Dann mach es jetzt auch.

Mach du mal, ich lass mich überraschen. Ich komme sehr gut zurecht. Bitte auf mich keine Rücksicht zu nehmen. Ich bin völlig egal, ich existiere gar nicht.

Mach du, wie du meinst, dass es für dich am besten ist, so mach es aber auch.

Ich halte mich da raus, ich hab damit nichts zu tun.

Das ist einzig und allein deine Sache. Wenn du denkst, dass du damit durchkommst, mach es. Mach es, ich lasse mich mal überraschen.

Wenn dein Gewissen da mitspielt und du nachts noch ruhig schlafen kannst, warum nicht?

Ich persönlich könnte es nicht. Aber wenn das für dich kein Problem ist, meine Güte. Dann scheint ja nun wirklich nichts mehr dagegen zu sprechen.

Wenn du dich dabei am besten fühlst, dann ist es ja die Hauptsache. Laß dir da um Himmels willen von niemandem reinreden. Du bist die Hauptperson, alles andere ist egal.

Wenn man in der Position ist, dass man keine Rücksicht nehmen muss, warum sollte man dann welche nehmen?

Ich könnte mit deinem Gewissen nicht leben. Du bist in der glücklichen Lage, eine eigenständige Entscheidung zu fällen, dann scheinen Ratschläge ja hier wohl fehl am Platze zu sein. Ich mische mich da nicht ein, ich bin froh, dass ich hier nicht gefragt werde. Ich genieße die Situation, mit dieser Entscheidung, nichts, aber auch gar nichts zu tun zu haben.

Mach es, ich lass mich da mal überraschen.

Selbst wenn ich gefragt würde, müßte ich mich, um die Objektivität zu wahren, jeglicher Einmischung enthalten.

Wenn du denkst, du würdest glücklicher durch diese Entscheidung, dann dürftest du ja gar keine Einwände von außen gelten lassen. Dann wärst du ja geradezu dazu verpflichtet, nur deinem eigenen Vorteil zu genügen. Einzig und allein du bist wichtig, alles andere ist egal. Die menschliche Rasse hätte sich gar nicht entwickeln können, ohne Menschen wie dich. Ohne Individuen, die sich bedingungslos durchsetzen, ohne Rücksicht auf Schwächere.

Du bist das Maß aller Dinge, du bist die Krone der Schöpfung, du bist gottgleich.

Mach es, nach deinem herrgöttlichen Willen und zieh von mir aus deine gottverdammten lächerlichen gelben Socken an.

## Der Spannungsfreund

Ich hab jetzt am Wochenende mal ne Kommode abgebeizt, das war also sehr spannend, als das dann alles so ab war und der Lack dann irgendwann draufkam.

Mein Freundin war total sauer auf mich, also besser gesagt neidisch, weil sie nichts zu tun hatte und ich da diese spannende Kommode abgebeizt habe, da hab ich gesagt, dann pflanz doch endlich mal deinen Schnittlauch an.

Das hat sie dann auch gemacht und das war auch dann ganz spannend, wie der da so aus der Erde guckte und so.

Dann ham wir so überlegt, was wir jetzt mal essen könnten und da hatte ich also ziemlichen Bock auf son Rührei mit Schnittlauch, aber den hatte sie ja gerade erst eingepflanzt. Das fand sie dann nicht so spannend.

Am Nachmittag haben wir dann gelesen, ich hab da gerade son spannendes Buch über Brücken. Ja, und meine Freundin war ziemlich sauer, weil sie hat zur Zeit nichts Vernünftiges zum Lesen. Da hab ich gesagt, ja dann guck doch mal irgendwie in der Zeitung nach, ob da irgendwas drin ist. Das hat se dann auch gemacht, da war se dann erstmal beschäftigt.

Dann ham wir so überlegt, was wir abends mal machen könnten. Da ham wir gedacht, dann rufen wir mal unsere Bekannten an, dann können wir uns mit denen treffen, aber da fiel mir ein, dass die ja schon vor zwei Monaten nach Australien ausgewandert sind. Da ham wir dann son Film geguckt über die Wüste Gobi.

Dann bin ich nochmal in den Garten gegangen, hab den Schnittlauch von meiner Freundin rausgerissen und aufgegessen und hab zu ihr gesagt, oh ich glaub, da war en Maulwurf im Garten. Schade Mensch, der schöne Schnittlauch. Das fand sie dann auch schade. Da ham wir so gesagt, ja nächstes Wochenende kann sie ja nochmal welchen anpflanzen und dass ich dann vielleicht son Gitter darüber bastele.

Da hab ich dann noch en bisschen in meinem Brückenbuch gelesen und bin dann eingeschlafen und hatte en ziemlich spannenden Traum von dieser Wüste Gobi.

## Ulf und Merle

Ich war neulich mal beim Ulf und bei der Merle eingeladen, das sind also ganz liebe Freunde von mir, die hab ich wirklich total gern, die beiden.

Aber ich glaube, die haben mich auch total gern, nee, ich meine, das ist ja auch bei Freunden oft so, dass die sich gegenseitig total gern haben.

Ich wüsste auch jetzt keinen Grund, warum die mich nicht gern haben sollten,

gut, außer vielleicht die Merle, aber das ist doch schon so lange her, das mit ihrer besten Freundin.

Nee, weil die Merle und ich, wir hatten uns auch mal ne Zeit total gern, na ja, und irgendwann hatte ich ihre beste Freundin dann halt noch gerner, die Dorle.

Nee, aber echt, ich hab die total gern, die beiden, den Ulf und die Merle.

Das ist auch immer total schön bei den beiden, die nehmen einen dann so in den Arm, da kommt dann auch immer direkt was rüber von denen, das geht so voll rein bei einem, also bei mir geht's dann manchmal auch direkt schon wieder raus, wenn es des Guten zu viel ist, aber ich hab die wirklich total gern die beiden.

Was mich en bisschen nervt, ist dieses Streicheln an der Rückseite des Oberarms, das machen die auch öfter bei einem, mit der Hand so ganz sanft am Trizeps immer so rauf und runter, dann sagen die oft auch noch so »Na … du« dabei, da bin ich son bisschen allergisch, das kann ich nicht so gut ab, da werde ich auch auf Dauer sauer.

Aber das würde ich denen nie zeigen, dafür hab ich die viel zu gern, da gehe ich lieber bei denen ins Bad und mache irgendwas kaputt, oder schütte sein Rasierwasser zur Hälfte ins Klo und fülle es mit WC-Ente wieder auf oder ziehe Merles Zahnbürste einmal so unter dem Klobeckenrand durch ...

Aber das würde ich denen nie sagen, dafür hab ich die viel zu gern.

Der Ulf war eh so sensibel, der hatte gerade son Selbsterfahrungswochenende hinter sich, bei seinen Eltern. Die haben sone Schweinemastfarm.

Das Thema war Verzeihen. Das hatte ihm sein Therapeut geraten, seinem Vater in die Augen zu schauen und ihm zu verzeihen, das würde bei ihm halt auch noch die letzten Blockaden lösen, damit von ihm da in Zukunft halt auch noch mehr rüberkommen könnte.

Da hab ich gedacht, oh noch mehr, na ja, Hauptsache nicht noch mehr Streicheln an der Rückseite des Oberarms. Wah.

Wenn ich da nur dran denke, da werde ich schon total aggressiv. Bah.

Na ja, auf jeden Fall stand er dann vor seinem Vater im Schweinestall, hat ihm in die Augen geguckt und gesagt: Vater, ich verzeihe dir.

Es war aber so laut in dem Stall, dass der Vater nichts verstanden hat. Er hat nur so mit den Achseln gezuckt. Da ist der Ulf halt wieder nach Hause gefahren und war natürlich ziemlich geknickt.

Da hab ich mal so gefragt, was hat denn dein Vater eigentlich gemacht, was du ihm verzeihen wolltest.

Da sagt er, ja er hätte sein ganzes Leben das Gefühl gehabt, dass für seinen Vater die Schweine irgendwie wichtiger gewesen wären als er.

Er wäre richtig eifersüchtig gewesen auf die Schweine und hätte aus Rache auch bei jeder Gelegenheit zum Essen irgendwas mit Schwein bestellt.

Später wäre das dann umgeschlagen, da hätte er sich dann total geekelt und wäre Vegetarier geworden und hätte auch das Wort Schwein komplett aus seinem Wortschatz gestrichen. Da würde er auch heute noch absolut allergisch drauf reagieren auf das Wort Schwein.

Da hat er gefragt, ob ich denn auch schlechte Kindheitserfahrungen gemacht hätte.

Da hab ich gesagt, nee, da hab ich Schwein gehabt.

Da haben beide fast so im Chor gesagt, och, das wäre aber schön, da würden sie sich aber total für mich freuen und hätten mich auch total gern. Dann haben mich beide gleichzeitig jeweils mit einer Hand so ganz sanft an beiden Rückseiten meiner beiden Oberarme gleichzeitig gestreichelt.

Und ich hoffe nur, dass die beiden mir verzeihen, weil ich hab die wirklich total gern, denn ab da kann ich mich an nichts mehr erinnern.

Ich weiß nur, dass die beiden auf der Suche nach ner neuen Wohnung und nach neuem Mobiliar sind und der Ulf in zirka zwei Wochen aus der Reha-Klinik entlassen werden soll.

# Kleine Freuden

Ich weiß gar nicht, ob Sie's wussten, aber mir geht's richtig prima. Doch wirklich, ich kann nicht klagen. Nee, is wirklich toll, doch, echt. Aber so was von prima.

Wenn jetzt jemand fragen würde, hörma, wie geht's dir denn so, dann würde ich sagen, ja prima. Aber wirklich.

Obwohl, manchmal ist das gar nicht so gut, wenn es einem so gut geht, also vor allem für die anderen, denen es vielleicht nicht so gut geht.

Dann sage ich auch manchmal schon so auf die Frage: Na wie geht's denn so? Ach, geht so.

Oder wenn's dem Gegenüber sehr schlecht geht, dann sag ich auch schon mal:

Och, mir geht's eigentlich eher schlecht, dann lebt der ja meistens sofort wieder auf.

Dann kriegt man Ratschläge, ach nimm's nicht so schwer, Castrop-Rauxel ist auch nicht an einem Tag erbaut worden, gespickt mit eigenen Erfahrungsberichten aus der Vergangenheit, mir ging's schon mal noch schlechter als dir, und ehrlich gemeinte Besserungswünsche mit auf den Weg, Kopf hoch, wird doch eventuell wieder.

Und wenn man sich dann verabschiedet hat, dann hüpft der vorher Schlechtgelaunte meistens fröhlich pfeifend von dannen. Da hat man echt ne gute Tat vollbracht.

En Bekannter von mir, der ist meistens dermaßen schlecht drauf, immer am Jammern, immer zu wenig

Geld, die falsche Frau, den falschen Chef, die falsche Schuhgröße.

Wenn ich dem mal ne echte Freude machen will, da muss ich mir schon richtig was einfallen lassen. Son einfaches Oh-was-geht's-mir-heute-Schlecht bringt da nicht viel.

Zu seinem letzten Geburtstag hab ich mir von nem Bekannten extra den Fuß eingipsen lassen, Mist, umgeknickt!, da kam Stimmung auf bei ihm.

Oder wenn's ums Geld geht, dann sage ich z.B.: Mensch ich hab da gerade sone Sache laufen, wenn die schief läuft, wobei die Wahrscheinlichkeit überdurchschnittlich groß ist, dass sie schief läuft, dann bin ich mit einem Schlag, von einer Sekunde auf die andere, völlig ruiniert, aber so was von ruiniert, da bist du mit deinen mies ausgehandelten Krediten, die du wahrscheinlich noch bis zum Ende deiner Tage abzahlen musst, aber bestens bedient.

Dann entspannt der sich plötzlich wieder.

Oder um ihn wegen seiner schlecht laufenden Frauengeschichten ein bisschen aufzuheitern, hab ich ihm erzählt, meine Frau wäre mit sonem reichen Urologen durchgebrannt, der es mehr bringen würde als ich. Da kam richtig Freude auf bei ihm.

Das Blöde war nur, dass meine Frau plötzlich ins Zimmer kam, aber da hab ich gesagt, och, das ist ne Zwillingsschwester von ihr, das wusstest du ja glaub ich noch gar nicht, dass sie ein eineiiger Zwilling ist, die guckt hier mal so nach dem Rechten und trägt nebenbei die alten Kleider von ihrer bösen Schwester auf, die mich ja soeben verlassen hat, wie ich dir ja eben gesagt habe. Aber wir verstehen uns nicht so gut, das ist echt kein Vergleich.

Puh, noch mal Schwein gehabt.

In der Weihnachtszeit geht es ihm meistens besonders schlecht, wenn es überall so nach Zimt riecht, die hübschen Frauen vollgepackt mit Weihnachtsgeschenken, freudestrahlend, mit roten Bäckchen auf ihre Männer zugehen, denen beim Überschlagen der Jahresbilanz am Glühweinstand gerade klar geworden ist, dass ja auch noch eine kleine Motoryacht drin wäre dieses Jahr, dann mache ich mir echte Sorgen um ihn, dass er sich da irgendwas antut.

Ich hab schon überlegt, wenn's ihm dieses Jahr wieder so schlecht geht, täusche ich ihm vielleicht ne zehrende Krankheit vor, an der ich dann im Notfall ganz dramatisch versterbe.

Danach müsste ich konsequenterweise dann nur in ne andere Stadt ziehen, mir einen neuen Job suchen und alle Brücken in die Vergangenheit abbrechen. Aber das wäre ja das kleinere Übel.

Oder dass man für ihn den Weltuntergang inszenieren würde, den er noch mal so grade überleben würde, so mit ner Nebelmaschine unter seinem Zimmerfenster, dann könnte ich mit sonem Schweißgerät noch ein paar Blitze vortäuschen, bisschen Donnergeräusch von der CD über Lautsprecher.

Dann würde ich danach so in sein Zimmer gehen und sagen, Mensch da hast du aber noch mal Schwein gehabt, wie wär's, sollen wir ne Pizza essen gehen!?

Aber ich meine, was tut man nicht alles für en Freund, um ihm das Leben ein bisschen zu erleichtern?

# Zeit

Ich weiß gar nicht, ob Sie's wussten, aber en Bekannter von mir hat überhaupt keine Zeit. Wenn man den mal anruft, da kann man froh sein, wenn er überhaupt ans Telefon geht. Und wenn er dann drangeht, dann aber auch nur ganz kurz. Irgendwie so: »Ja, o.k., alles klar, tschüss!«

Wenn er auf ne Party eingeladen ist, kommt er meistens ganz spät, ist dann aber auch sofort wieder weg. Man ist sich im Nachhinein gar nicht so sicher, ob er überhaupt da war.

Urlaub macht er so gut wie nie, und wenn, dann aber auch nur Kurzurlaub. Was weiß ich, dass er sich mal auf ne Bank setzt, für en paar Minuten, oder so.

Hat er Hunger, geht er in ein Schnellrestaurant und wenn er überhaupt mal Fernsehen guckt, dann also nur Formel 1, Golf ist für ihn die Höchststrafe.

Sein Lieblingstier ist der Gepard, bei Schildkröten wird er wahnsinnig.

Seine Hobbies sind Speedboot-Fahren, Fallschirmspringen und Schach. Dann allerdings Blitzschach. Mit ner Briefmarkensammlung könnte man ihn zu Tode foltern.

Seine Frau lebt in Australien, die sieht er nur zu Weihnachten, ganz kurz.

Kinder wollen sie eigentlich keine, und wenn dann nur welche zum Adoptieren und dann auch gerne schon erwachsene, mit abgeschlossener Ausbildung, die also auch schon erfolgreich und selbständig im Berufsleben stehen.

Wenn er mit einem redet, dann spricht er dermaßen schnell, dass man denkt, das wäre ne neue Sprache, die er da ausprobieren würde. Wenn ich mit ihm spreche, steht er kurz vorm Nervenzusammenbruch.

## Applaus, Applaus

Applaus, Applaus
Er ist das Brot des Künstlers
Jahrein, jahraus
Immer unterwegs

Das Publikum, das Publikum
Jeden Abend ist es neu
Drum geh ich nun, schau mich noch um
Und sage leis goodbye

Obwohl, einen können wir noch:
Ich sag, Herr Ober,
warum heißt das Gulasch
eigentlich Türkisches Gulasch.
Tja, weil der Hund Sultan hieß.
Muaaaa, muaaa …

Ein lauter Lacher
Der schnell verhallt
Vielleicht sind es ja die Leisen
Die uns nach Hause begleiten

Obwohl, der ist auch nicht schlecht:
Ich sag, Herr Ober,
der Hummer ist aber auch nicht mehr ganz frisch.
Doch der kommt direkt aus der Nordsee.

Tja, da muss er aber wohl zu Fuß gekommen sein.
Muaaa, muaaa ...

Tut mir Leid, es ist mit mir durchgegangen,
ich würde den Abend auch gerne
etwas besinnlicher beschließen,
aber man kennt das ja,
für einen guten Gag würde man
glatt seine Großmutter verkaufen.
Ich hab sogar schon meine
komplette Verwandtschaft verhökert,
nur meine Alte, die will keiner haben.
Muaaa,muaaa ...

Ha, schon wieder,
tut mir Leid.
Aber Sie sind daran ja auch nicht ganz unschuldig,
wenn Sie immer über diese Witze lachen,
dann verführen Sie mich ja praktisch dazu,
diesen schönen Abend hier so oberflächlich zu beenden.

Im Grunde ist das Verführung, na ja gut,
Minderjähriger kann man
jetzt vielleicht nicht mehr sagen,
aber im Grunde geht es in diese Richtung.
Eigentlich ist es fast ne politische Parabel,
die Industrie macht ein verführerisches Angebot
und der Verbraucher könnte
sich ja auch einfach mal verweigern,
und zwar kollektiv,
was meinen Sie, was da los wäre.
Aber das ist in der Praxis gar nicht so einfach.
Wir können das ja mal probieren.
Ich erzähle Ihnen jetzt nochmal
einen verführerischen Witz,

und Sie lachen jetzt einfach mal nicht.
Also gar nicht. Noch nicht mal son bisschen.

Kommt ne Frau zum Arzt und sagt:
Herr Doktor, kann ich mit Durchfall baden?
Na klar, wenn Sie die Wanne vollkriegen!
Muaaa, muaaa ...

Sehen Sie, ist gar nicht so einfach!
Applaus. Applaus
Er ist das Brot des Künstlers
Tagein, tagaus
Immer unterwegs.

Das Publikum, das Publikum
Jeden Abend ist es neu
Drum geh ich nun, schau mich noch um
Und sage leis Goodbye.

Machen Sie's gut,
aber nicht zu oft!
Muaaa, muaaa ...

Rüdiger Hoffmann
Asien, Asien

KiWi 487
Originalausgabe

»Hoffmann-Sketche, Hoffmann-Abende sind Glücksfälle und Unglücksfälle des deutschen Gemüts, das sich auf das Gemeinste durchschaut sieht und sich dennoch akzeptiert. Geloben wir im Lachen Besserung gegenüber unseren privaten, sozialen und nationalen Lastern und Niedrigkeiten? Wie jeder große Komiker (und er ist einer der ganz großen) streichelt Hoffmann nicht unsere Eitelkeiten, sondern deckt unsere Schwächen auf und geißelt unsere Gemeinheiten.«

*Hellmuth Karasek, Der Spiegel*

KiWi Paperbacks bei Kiepenheuer & Witsch